磨言

志冊

田島毓堂――著

◉右文書院◉

はじめに

『磨言敦冊』のあと、もう10年も経ってしまいました。閑人を自称しながら、雑文の編集に中々手が回らず、日を過ごしてしまいました。今回遅まきながら、喜寿を自祝して、『磨言志冊』を、最近10年ほどの間に「私の仏教」と題して『書藝中道』に載せてもらった文を、単にその順に並べて一冊にしました。「私の仏教」という題名、いかにも仏教じみていますが、最初の文に書きましたように、一切の事象をさしております。初めの十数編はそれでも、仏教にかかわりそうに見える題名ですが、その後は「なに、これ?」と言われそうなものですが、まさにこれが私の仏教であります。

平成二十八年三月三十日

田島毓堂識

目次

※トビラ絵
桂芳院・南天毘沙門天
（鎌倉時代・作者不詳）

私の仏教

仏教はとかく、「死」と関連づけて考えられる。確かに、仏教儀礼は死に関係することが多い。結婚は神道、葬式は仏教といった観念すら世にかなり広く行き渡っている。

しかし、自分なりに仏教というものを考えると、そうではなくて、「どう生きるか」ということと大変深く繫がっているという気がしてならない。仏教は「生きる」ために必要な指針であると思う。俗に「修行」ということも「悟り」を得るとか何とかよりも先にそれは「生きる」訓練であると思う。

私の考える仏教ということについて、結論から先に言おう。私の考える仏教とは、何はともあれ、「他」を拝むものでも、頼りにするものでもないということである。「己こそ己のよるべ」という法句経の言葉に示される通りだと思う。自分自身をこそ頼りにする、そのためには、自分をきちんとしたものにしなければならない。これがいわゆる修行である。それがなかなかの事であることは間違いない。それは何故か。人間の本性に依るところが大きいと思う。

それとともに、仏教、つまり、仏の教えられたことは、仏（釈迦牟尼仏）以前から、この世の始まったときから、いや、この世の始まる以前からずっとあり続けた普遍の真理、自然の法則、摂理であり、お釈迦様はそれを我々に説き示すためにこの世に出現されたのであった。その根本は、諸行無常、諸法無我という言葉で示される。あらゆる物は移り変わる、あらゆる物にこれといった実体はないということだ。実にその通りのことである。だから、仏の説き示すことは、自然の摂理そのものであり、それを認めて、それに従うことを人々に勧めたのである。それは、人間があるべき姿であれ、と教え示したのであった。

このように、仏教、或いは、仏法とは、人間としてあるべき姿、あるべき生活そのものを指し示すものだということだ。

しかし、人間があるべき姿、あるべき生活の仕方そのものを具現することは実は至難のわざであった。何故かと言えば、人間に限らず、生物というものはその基本的性格として「横着」という本性がある、つまり、出来るだけ自分の努力は少なくし、得られる物は最大にしようとする、そういう欲望、願望、性向を持っているのだ。それでこそ、人間の全ての発明・発見も革新・改善ということもあったのであり、このことを強ち否定することは出来ない。

ただ、それ故にこそ人間は多くの悩みを持つ。そのこだわりを捨て、まさにあるべきようにあろうとすれば、それは実に安楽の境地ではないか。

そういう、人間としてあるべき境地に安住することを教えているのが仏教だと私は思う。これを「滅亡教」と言った人がいた。江戸時代の富永仲基という思想家だ。当たっていないこともないが、人間なかなかそうも理想通りにはいかないので、滅亡もしないのだ。

〔2007.2.12〕

私の仏教 ―― 三帰戒

仏教というと、やたら難しい議論、面倒くさい儀式、厳しい修行などがイメージされがちである。「空」だとか「無」だとか、訳の分かったような分からないような問答。

その中で、仏教徒になるには、何はさておき、「三帰戒」を受けることだと言われている。三帰戒とは「南無帰依仏」「南無帰依法」「南無帰依僧」をいう。「仏に帰依し奉る」「法に帰依し奉る」「僧に帰依し奉る」と唱えている。こう言われても、ただ「南無」を「帰依し奉る」と訓読し直しただけで、心底腹落ちしない。「仏」に「帰依」することは当然だろう。「曹洞教会修証義」には「仏は大師なるが故に帰依す」と言われ、続いて、「法は良薬なるが故に帰依す」「僧は勝友なるが故に帰依す」と言われる。これでも、「仏」が大師だというところまではともかく、後はすんなりとはいかなかった。

あるとき、そう古い話ではないが、永平寺の「傘松」誌上で、今年一〇七歳におなりになる宮崎奕保禅師が、授戒会に際してお話しになった中に、三帰戒というのは「浄く、正しく、仲良く」ということだと言われたのを拝読して、なるほどと納得、さすがと感服した。常々私は仏教はキリスト教やイスラム教などのように、自己の他にある神様をあがめ、すがり、恩寵を得ようとするものではなく、自分こそが頼りになる唯一のものである「己こそ己のよるべ」という考え方に共鳴していたし、そう考えていたので、宮崎禅師の言葉がスーと体に入ったのである（ただ、最近、又真宗の法会に参加して、阿弥陀様お一人にすがるという様子を目の当たりにし、仏教一般といういけないのかなと思い直してもいる）。

仏に帰依するというのは、「清らかに生きること」、法に帰依するというのは「正しく生きること」、僧に帰依するというのは「みんな仲良く生きること」と分かった。まさに、まともな人間がまともに生きることそのことが、仏教なのだということを心底納得した。こう考えると、本当に何もかも簡単に分かる。ただ、そうなるまでには実に色々のことがある。そういうことを七面倒くさく言っているのである。しかし、それも、一気に成就することが出来る。その一つの手段が、「少欲知足」だと思った。

人間にあるまじき多くの行為が、つまり、仏教になじまぬ多くの行為が、この少欲知足を踏みにじることから起こる。世の中に多い「金」にまつわることども、悪の根源はこの金にまつわることにあると思うのだが、これも、「少欲知足」に徹すればいとも簡単におさまることなのだ。

〔2007.2.11〕

私の仏教 ―― 三聚浄戒

「曹洞教会修証義」で「三帰戒」の次に説かれるのが、この「三聚浄戒」である。

私の理解、というより、無理解なのであるが、これがなかなか分からなかった。今でも本当に分かったのかと問い詰められると、途端に自信を失うが、私の理解を言おう。

三聚浄戒とは「摂律儀戒」「摂善法戒」「摂衆生戒」である。これも結局は三帰戒と同じ事の言い直しであると理解した。「摂律儀戒」とは律儀に叶ったことをおさめおこなうことである。律儀に叶ったこととは、悪律儀を排することである。だから、次の摂善法戒とも結局は同じ事である。つまり、三帰戒で言う、仏に帰依することと法に帰依することは同じ事だったのである。仏に帰依すること、法に帰依することは、前に言ったとおり、「浄く、正しく」生きることなのである。もう一つ「摂衆生戒」はどうか。これはまさに、「皆仲うるわしく」ということである。「南無帰依僧」に当たる。このように、私は理解した。今までに聞いた色々の解釈は、どれもなかなかすんなりとおさまらなかった。こう考えて、三帰戒と同じ事だと承知したのである。

仏教で説こうとしていることは元はと言えばただ一つ、人間が、人間として当たり前に、人間としてあるべきようにあることを示し、目指し、求めているのである。だから、同じ事を手を変え、品を変えて色々な言い方をして言い聞かせるのである。

さて、このことは実は大変重要なことであることに気づく。通常、同じ事を言うと「あっ、もう聞いた、又おんなじことを」と受けとられることが多い。しかし、実は、同じ事を本当は何回でも言わなければならない。一回で済めばそれでいい。しかし、世の中をつらつら見てくるとそうはいかないということが分かる。何回、何十回、何百回も同じ事を言わなければ、分かって貰えない。しかし、おんなじことを言うと「また、おなじだ」と言われるのが関の山。これは、今も昔も違うまい。それで表現を変えた。つまり、目先を変えて興味をちゃんと持続させたのである。

これは、実はこの後も続く。

〔2007.2.11〕

私の仏教 ―― 十重禁戒

「曹洞教会修証義」の第三章「受戒入位」には「三帰戒」「三聚浄戒」に続いてこの「十重禁戒」が説かれている。合わせて十六条戒という。仏教徒の守るべき根本的な戒律とされている。既に、「三帰戒」「三聚浄戒」について述べたが、実はこの十重禁戒も人間のあるべき姿、あるべき行いを示している。「禁戒」というようにいずれも、「～してはいけない」という形になっている。このことは、モーゼの十誡で「～せよ」と言っているのと裏返しだが、ともに人間世界にかなり共通な事なのだろう。「～してはいけない」と言われていることは、殆ど当たり前のことばかりなのだが、それが守られていないということを示している。「～せよ」というのは本当はすべきことなのに、実際にはしていないことを示している。

余談であるが、世の中の所謂スローガン、大抵いいことが書いてある。いいことが書いてあるのだが、何故、わざわざ書いてみんなに示すのかというと、いいことなのだけれども、人々が行わないから、それを行うようにという戒めなのである。人間は、どうもそういう動物のようである。

十重禁戒は第一「不殺生戒」、第二「不偸盗戒」、第三「不邪淫戒」、第四「不妄語戒」、第五「不酤酒戒」、第六「不説過戒」、第七「不自讃毀他戒」、第八「不慳法財戒」、第九「不瞋恚戒」、第十「不

謗三宝戒」を言う。第一殺生するなと第二盗むなというのは言わずもがなのことであろう。ただ、生物である人間は他の生命を奪わずには生きてゆけない。したがって、この殺生の対象を色々限定して適用している。虫一匹も殺さないということは出来ないことだろう。お釈迦さんの時代の「雨安居」は地上にはい出した虫を殺さないためだったという事を聞くが、なかなか難しいことだろう。科学的知見の進んだ現在では、殆どの物が「生」ある物と考えられるのだから、厳格に守ることは出来ない。しかし、少なくとも、人を殺すなどは以ての外であろう。人の物を盗むなということは、「物」に限ればそんなに難しいことではないが、これまた現在では知的所有権ということまで範囲が拡がるとややこしい。弟子は師の技を盗めと言われる。こんなのはどうか。この禁戒には含まれまい。邪淫を戒める第三の戒も人類共通の規範だろう。口から出任せを戒める不妄語戒、色々のバリエーションがあるが、「嘘を吐くな」というのが根本、これも当然のことである。第五の不酤酒戒は、酒を売る事を戒めるもので、物の本に依れば「不飲酒戒」よりも重いとされる。酒を売るのは人々に飲ませるためだから、自ら飲むよりも罪が重いという。モーゼの十誡にこの酒のことは出てこない。十誡の内の「殺すな」「盗むな」「姦淫するな」「偽証するな」は第一から第四に通じる。

第六からは説くものによっていろいろの違いがあるが、上に上げたのを見てみよう。「不説過戒」とは、人の「咎」をあげつらうなということ、第七「不自讃毀他戒」は自分を賞めて人をけなすな、第八「不慳法財戒」法の施しを惜しむな、第九「不瞋恚戒」怒るな、である。法を惜しむなというのはちょっと他と次元が違うが、物惜しみの一種と考えれば、他と同じ事、いずれも人間としてすまじきことどもである。第十「不謗三宝戒」は三宝を謗るなということ。三宝を謗るなということは、色々な経典の中にもそれぞれ形を変えて出てくる。法を謗る罪の救いのなさが種々説かれる。これは、その法を謗る事が日常的だったことを示すことだろう。モーゼの十誡の中では、唯一神を礼拝せよといっているのに相当する。唯一神をあがめよとは当然のこととして言わないが、そのかわり三帰戒を守れということでもある。

こう見てくると、十重禁戒もやはり、人としてのあるべき姿を指し示したものである。

〔2007.2.12〕

私の仏教 ―― 貪瞋痴

貪り、怒り、愚かさ、この三つのことを「三毒」という。これにもう一つ「おごり」＝慢を加え「四毒」という。三毒も四毒も我々の心をくらます、最大の妨げである。悟りの障碍となる最大の煩悩である。この三毒、四毒を滅することが出来れば、どれほど安寧な世界が開けるだろうか。

ところで、「貪り求める」ということ、「怒る」こと、物事の道理に「暗い」こと（＝おろかなこと）、さらに、慢心を持つこと、どれ一つを取ってみても、人間として望ましい事、ありたい事ではない。世界には色々な考え方があるし、それぞれの文化で、一方では賞賛されることが、一方では忌避されることであったりすることもあるから、簡単に断言はしにくいが、これらの項目に限っては、それを持たない事が、やはり、人類普遍の徳目であるように思える。三毒や四毒を肯定するような文化はたぶんは無かろう。

ということは、仏教において、強く否定されているこの煩悩は人間のあり方そのものに関わることだということである。決して、「仏教」という限定された一宗教の問題ではなく、人類普遍の人間的有り様《よう》を言うものだということである。いや、私は、常々そう考え、そう言っているのである。仏教で言っていることは、そもそもどんな宗教を信ずる人々にとっても否定できないまともな人間としてのあり方そのものを説き示しているものだと思うのである。

仏教にも色々の宗派があり、色々の主張がある。阿弥陀様しか拝まない親鸞聖人の流れを汲む宗派は、一見一神教的である。他の神様などを拝んではいけないという。宗教儀礼は又別に考えなくてはならない別問題かも知れないが、その流れを汲む方々であっても三毒や四毒を礼賛することは決して無かろうと思う。これは、もう人間としてのあり方の問題そのものである。

ただ、それを除くことが容易でないから、やはり、この煩悩を滅するための修行が必要になるのである。修行はまともな人間としてあるための訓練である。

〔2007.2.14〕

私の仏教 ―― 秉炬法語

最近色々な宗旨の葬儀に参加する機会があって、種々様々な儀式に触れた。我が宗の葬儀では、俗に「引導」を渡すと言われる法語を唱える。大抵は漢文訓読調の、格調が高いと言えばそういえるかも知れないが、聞いていても何を言っているのか分からないような、所謂禅問答式だ。自分で作る人もあるが、出来合いの物から引っ張ってきて、自分でも何を言っているのか分からないというようなこともあるようだ。しかし、私はそれにはなじめない。以前から、口語調で亡くなった人やお参りしている人に対して語りかけるような、見方によっては型破りの秉炬法語を唱えることにしている。臨機応変、亡くなった人に合わせて作る。お参りの人が、あなたの宗旨ではそういうやり方なのですかと聞かれたことがあるが、私は、漢文訓読調のをよう作らないから、こんな風なのですと答えている。中には、よく分かっていいと言ってくださる人もいる。多分変だなと思っている人もおありかと思う。最近の例の一部を示そう。

「まさに寝耳に水、ご家族の方さえ呆然とされるようなあっけないと申しますか、見事と申しますか、突然のご逝去でした。本当に、何事も起こってみなくては分かりません。とにかく、生あるものは必ず滅びるということは真《まこと》でありますす。そのことを如実に示されたのであります。

とかく仏教と言いますと、人の亡くなったときに皆様が意識されます。そのことは無理もありません。生きていた人が亡くなるということは、やはり人々を粛然とさせるものですから、当然のことなのですが、この際とくとこの真実を見つめてみることは残された私共にとって大切なことではないかと思います。

法華経如来寿量品の中には、方便で自分が死んだと伝えて、真実に目覚めない子供達を目覚めさせたという話が出てまいります。まさに嘘も方便で、子供達を覚醒させたのであります。ここで言っている、真実に目覚めない子供達というのは、人々一般のことであります。そういう境遇にならない限り、色々言い争いをしたり、欲にかまけてなりふりを構わず人の道を踏み外したり、人の道に外れたことに耽っている、この世の中の有様そのものであります。やがて、自分もついにはこの娑婆世界を去るのだということを心に刻んでいれば、欲に目がくらんで人を騙すというようなこと、政治の世界での醜い争いなど、無くなると思うのですが、残念ながら世の人々はそういうことを忘れてしまって自分は永遠だと思っているのです。このことを悟らせるということだけでも、亡くなった方を蔑ろにしないことだと思います。常懐悲感心遂醒悟《じょうえひかんしんすいしょうご》とはこういう事を言うのであります。

仏様の教えというのは、人として当たり前のことを説かれたものなのであります。そのことは、宇宙の真理そのものとして存在していることでした。それを実に色々の譬えで、お経のなかには説かれております。ですから仏様の教え、仏教とは、決して、お釈迦様が説かれた特定の教えといったものではないのであります。これこそが、仏様の教えなのですが、理屈っぽい人々の考えでは、それだって、一つの特定の教えではないかと言われるでしょうが、そういうものではなく、人がまともな人としてあるために踏み行うべき、万人に通用する事柄なのであります。その、説かれている内容を虚心に受け入れれば、そのことは了解されると思います。

お釈迦様は、この宇宙の真理そのものである仏様が、人間の姿をして、この娑婆世界に出現して、それをお示しになったので御座います。

その仏様の教えとは、全ては時と共に移り変わるもので、一つとして永久不変のものは無いし、一つとして決まった実体という物はない、ということであります。お釈迦様は、人々にその真理を示し、それをみんなに分かるように説き、さらに、そういう真理の世界に人々を導き入れて、争いのない世を出現させようとなさったのでございます。

つまり、お釈迦様が出現なさいましたのは、人々が、全て物事をありのままに受け入れて欲望を鎮めれば、安楽の境地に住することができるという仏の智恵を指し示して、それを悟らせ、その意味をよくよく分かるようにさせるためでありました。法華経には、そういうことを色々の比喩を示して説いてあります。

ところで、○○○○さん、あなたは、仏様のお弟子となって仏様の世界の真理を了解しようとしていらっしゃいます。その世界での、名前を新たに「○○○○居士」と称されることになりました。筋道の正しい世界で豊かに幸多しという意味の名前ですね。

あなたは、八十余年をこの娑婆世界で過ごされましたが、それでも、まだまだお元気で色々のことをなさろうとしていらっしゃいました。あなたの生涯には色々の事を御覧になり、色々のことをなさいました。思えば、大勢のご兄弟と、お連れあいを夙くに亡くされたお母上ともども戦前、戦中、戦後と大変な時代をくまなく経験してこられました。真面目に、又、創意工夫を持って勤め先では信頼され、定年後もその経験を買われて、つい先頃までおつとめなっておられました。最近では、種々の趣味を生かされた生活を楽しんでおられ、これはまだまだ先まで続けられることとばかり我人共に思っておりました。

しかし、現実、もう○○○○様はこの娑婆から無為の世界に移って仕舞われました。まだまだ娑婆世界でしたいことは沢山あり、残念なこともあると思いますが、突然の病がそうさせてくれませんでした。

あーあ、○○さん、仏のお弟子に成られた○○○○居士さん、この娑婆世界に別れを告げるに当たり、あなたの感想は如何でしょうか、一つ聞かせて下さい。

さあ、どうぞ。さあ、さあ、如何でしょう。

何もおっしゃいませんね。

では、あなたに代わって私が申しましょう。

明日ありと思うな今日の桜花夜半に嵐の吹かぬものかは

この世に何一つ常住のものはありません。ただ、私たち誰もが永遠に負うていくのは自分の成したことだけです。悔いを残さないようにしたいものです。ご参列の皆様、ご遺族の皆様、どうか、今日ただ今を、この時を、有意義に、しかも、世のため人のためになるような、充実した、悔いのない人生を送って頂きたいと念じております。それこそが、永遠に廃れない仏様の道、人の踏み行うべき道、報恩感謝の道なのでございます。」

〔2007.3.15〕

私の仏教 ―― 諸悪莫作

七仏通戒の偈《げ》といわれているものの第一句である。本当は、この七仏という名称、つまり、過去七仏という言い方には不審がある、釈迦牟尼仏が、過去七仏の第七番目という事は一体どういう事か、よく分からない。過去からずっと続いていることを示すとか何とか言われても、やはりぴんと来ない。ただ、そんなことは、今問題ではない。

諸悪莫作、衆善奉行、自浄其意、是諸仏法（諸悪は作す事なく、衆善は奉行し、自ら其の意を浄くする、これ、諸仏の法なり…訓読の仕方は色々ある、今、その一つを示した）

仏教の要旨はこれに尽きるという。人間が人間として、あるべきように生きることを簡潔に示した言葉である。その悪とは何か、善とは何か、などと言いだすと面倒くさくなる。人間として、やってはいけないこと、人間として、やらなければいけないこと、それが「悪」であり「善」である。その人の生活する習慣・文化によって、何を善とし、何を悪とするかは確かに違っていることがあろう。しかし、人が三帰戒で示される「浄く、正しく、仲良く」生きることを否定するような文化や習慣は無かろうと思う。十重禁戒で言われている殺生・偸盗・邪淫等を禁ずることは、人間社会で大差は無かろう。仏教の根本義、過去七仏から伝えられていると称するこの言葉は、結局人間の規範である。

正法眼蔵諸悪莫作の巻でこの言葉は、白居易（白楽天）と鳥窩《ちょうか》道林との問答の中に示される。白居易が、仏法の大意を道林に問うたのに対し、「諸悪莫作、衆善奉行」と答えた。そんなことは、三歳の子供でも知っている、と白居易が言ったのに対し、道林は、三歳の子でも知っているけれども、八十の老翁でも行えないのだと答えた。三歳の子でも知っているというのことは、まさにこの「諸悪莫作、衆善奉行」が人類普遍の事柄であることを示す。知っている、分かっているだけでは駄目なのだ。行動を伴うものでなければならない。

このことを推し進めていけば、何でも自分でやらなくてはならないということになるのだ。これも、当然なのだろう。

七仏通戒の偈もかくして人間のあり方をいうものだったのである。

〔2007.9.17〕

私の仏教 ―― 四苦八苦

前に書いた四諦の内の「苦諦」、この世は苦の世界だ、ということに関して、もう少し言わなければならないことがある。娑婆世界、我々の生きている世界は苦の世界だというのである。しかし、生きている内にはいいこともある。

今年、日本の最高齢者、ひょっとしたら世界の最高齢者なのかも知れないが、百十二歳か百十三歳の方が、あとどのくらい生きたいかという不躾な質問に、何時までも生きていたい、全然死にたくないと答えていた。恐らく健康な方なのだろう。病気持ちだと、早く死にたい早く死にたいといかにも当てつけがましく言うのを聞く。その実、やはり死にたくはないのだろう。死にたいのなら、薬など飲まなければいいのにと、ある人が言っていたのを聞いたことがある。確かにその通りだ。本当に死にたいと思っている人などはないという。唯、生きているのが、何かと煩わしくなっただけで、それと、死にたいということは同義語ではないのだ。

生きていればこそのこの世なのである。それを、なぜ「苦」の世界というのだろう。物の本によれば、これはサンスクリット原典の言葉を中国語で「苦」と訳したからそういう理解が広まったのだが、もともとは、これは「思い通りにならない」という意味だという。そう言われれば、確かにこの世のことは何一つ思い通りには行かない。自分のことすらそうだ。まして、他の人のことなど自分の思い通りに行くはずがない。

とすればどうしたらいいか。何とも成らないことは、あくせくせず成るようにしておく他はない。どうにもならないことはどうにもならないのだと思わなければ仕方ないのである。そうすると、誠に気楽、これこそが、「苦」を逃れる最上の妙術である。

こんな事を言うと叱られるのは必定だが、今、世界で喧しい「地球温暖化」、節度有る生活をしなければならないことは確かなことだが、だからといってその温暖化を食い止めるためにと、実に色々なことをしなければならないというのは実に煩わしい。そのために四苦八苦せず、何もせず、普通にしているのが、楽だし、それがいいのではないだろうか。やっぱり、こんな事を言うと叱られるでしょうか。

〔2007.10.27〕

私の仏教 ―― 四諦

法華経は大乗仏典として、多くの経典の中で、重要な位置を占めている。このことは、わざわざ言うまでもないことだろう。日本に仏教が伝来して以来、法華経は、金光明最勝王経とともに鎮護国家の経典としてあがめられ、諸国の国分寺に納められてきた。

古代の識者達はこれらの経典をよく読み、よく理解し、言わば、自家薬籠中のものとして、生活・文化の中に、文学・説話等の中に生かしている。古代文学の受容と理解のためには、我々はこの知識を持たなければならない。しかし、現代人は忙しすぎる。

ところで、この両経典、読んでみれば直ぐ分かることだが、「経典」という名前から来る我々が潜在的に持っているイメージとはほど遠い。そのことは学生諸君の感想にもよく現れている。物語なのである。しかし、仏教経典である以上、仏教の教理を、物語として寓意的に解くだけではなく、正面切って説くことは当然ある。法華経の中で面と向かって説かれるのは、その第七番目の「化城喩品《けじょうゆほん》」におけるそれだけである。ここに、大がかりな舞台装置を整えた上で、過去久遠劫の仏、大通智勝如来が諸方の要請を受けて説いたのが、四諦及び十二因縁である。「謂是苦、是苦集、是苦滅、是苦滅道」僅か、漢字にして十三字分である。十二因縁も中身を示す部分は百八字分、法華経、六万九千三百八十四字の内の〇・一七%、これこそがエキスだ。

この文が載るのは二〇〇八年の正月号である。真理に目覚め少しでもそれに近づくことができれば目出度いことだ。正月を迎えたことは世間並みにもめでたいが、「正月は冥土の旅の一里塚、目出度くもあり、目出度くもなし」といわれるとおり、刻々に我々は常に終わりに向かっているのである。それ故に、仏教では、根本義として、四諦を説く。これこそが、世の実相を示している。生老病死のいわゆる四苦、生まれる苦しみは覚えていないかも知れない。それで、その「生苦」というのを「生きる苦しみ」と解する向きもあるが、「生きる苦しみ」といえば、「生老病死苦」全部である。又「苦」というと、「楽」の反対であるように受け取られて、「この世は苦だ」といわれると、「そんなことはない、楽しいこともある」と思うし、そう言う人もいる。しかし、これは、「この世は苦だ」という「苦」の解釈が適切でないからだ。言われているように、この意味は「思い通りにならない」ということだ。「楽」の反対ではない。

人間にとって、「この世はまさに思い通りにならない」所なのだ。恐らく、人間だけでなく、全てにとってそうなのだろうと思う。そのことは、まさに誰にとってもどうにもならない真実であろう。こういう、万人にとって、否定できない真理から出発しているのが仏教である。それが、過去久遠劫に説かれていたというのである。決して、歴史上の釈尊の始めたものではない。釈尊はそれをみんなに説いただけなのである。四諦の内あとの三諦(「諦」というのは「真理」のこと)は、苦をどうすればいいのかを説く。先ず、「集諦」は苦の集まる真理、その苦を滅することによって理想世界が実現するという「滅諦」、それを実現するためには道を修めなければならないという「道諦」、この苦集滅道はまさに仏教の大枠である。「集諦」以下はなかなか納得できる説明が出来ない。いずれ、時節が至れば、言うことが出来るかも知れない。

〔2007.9.14〕

私の仏教 —— 八正道

法華経には、四諦に次いで十二因縁は説かれているが、この八正道については何も言わない。広辞苑に「修行の基本となる八種の実践徳目。正見・正思惟・正語・正業・正命・正精進・正念・正定、すなわち正しい見解・決意・言葉・行為・生活・努力・思念・瞑想をいう。」とある。これで大体分かるが、仏教語辞典などでは「正しい見解」は「四諦を自覚した」という修飾語が付く。正しさの基準が、四諦とはっきりしているのである。正しい思念、正しい瞑想というのも、このままでは、一寸分かりにくい。「目的を正しく心に留めること」「正しい精神統一」とあれば、もうすこし分かりやすい。

一寸注目しておきたいのだが、広辞苑ではいきなり「修行の基本となる」といい、修行を限定していない。仏道修行に決まっているではないか、とは言えない。変なところに私は興味を持った。つまり、これは、我田引水すれば、この修行は、仏道修行に限らず、人間としての修行と考えることが出来る、まさに一般的実践徳目であり、一般的な人間の実践規範そのものだということである。

この実践項目のどれ一つとっても、まともな人間として生活していく上で否定すべき事はない。とにかく、何よりも、物事を正しく見て、正しく考えなくてはならない。そして、それは自分自身の正しい言葉として、行動として発現されなくてはならないのである。分かっていても、現されないのは、実践的には今ひとつ迫力がない。それが全て道理にかなった行い、つまり、まともな生活でなければならないのである。そのために、正しい方向に努力をすること、これは大変大事なことである。幾ら努力しても、それが間違った方向に向けられていたらむしろ恐ろしいことである。だから、目的を正しく心に留めなければいけないのである。正しく物事を判断し、以上のことを正しく実践していくために正しく精神を統一する必要があるのである。

道元禅師は正法眼蔵三十七品菩提分法の最後の項目「八正道支」として取り上げている。随分長い説明があるが、大変難解であり、私の頭の中では、まともな解を結んでいないことを申し上げ、このために「正精進」を心がけていこうと思う。

〔2007.9.14〕

私の仏教 ―― 見てくれではない

人は、三十五歳を過ぎたら自分の顔に責任を持たなければならないという。顔にはその人が現れるのだというのである。一方、外面如菩薩内心如夜叉《げめんにょぼさつないしんにょやしゃ》（そとづらは菩薩様のように優しそうだが、、内心は夜叉のように人を害しようとする心がある）などという言葉もあるから、一筋縄ではない。

金剛般若経に「若以色見我　以音声求我　是人行邪道　不能見如来*」（法身非相分第二十六）とある。この趣旨は、姿形や声で如来を見ようとするのは間違っている。それでは決して如来を見ることは出来ない、ということである。

とはいうものの、われわれはどうしても人をその外見で判断してしまうことがある。この頃は、何という名前のスタイルなのか、髪の毛はクチャクチャ、茶髪、白髪、金髪、中には、見るも恐ろしげなライオンのたてがみのような格好をしている若者もいる。着る物も、まさに種々様々、おかげで、私どもも外出するときに、服装や身だしなみとかいうことにさほど気を使わなくてもすむのはありがたい。それにしても、ズボンをお尻の辺まで下げてはいているのは、見ているこちらまで何となく落ち着かない様な気分になる。穴だらけのジーパン姿、はやりなのかも知れないが、いただけない。

ところが、こういう姿形をしている人が、変な人かと言えば全然そうではない。話をする機会があったが、誠に気だての優しい若者だった。本当に見かけで判断してはならないと思った。

昔話の中にも、菩薩が色々なおぞましいものに姿を変えて人前に現れ、それを嫌わず世話した者に幸いを与えるというようなことがある。見かけで判断してはならないと言うことだ。

しかし、やはり、姿形というものはその人の人格を問わず語りに示す。顔に良く現れる。目は口ほどに物をいい、というように、中でも目つきはその人を表す。如何に、上等な服装をしていても、いや、それだからかも知れないが、胡散臭い仕事の人は分かるものだ。強いて奇異な格好をする必要もない。その人柄は、自ずとにじみ出る。また、難しいことだが、必ずしも、外見の良さばかりで判断してもならない。

＊訓読すれば、「もし、色を以て我を見、音声を以て我を求めば、この人邪道を行ずるなり、如来を見ること能はじ」とでもなろう。

〔2008.2.3〕

私の仏教 ――求心休す、無事の人

昨年暮れ、「禅を聞く会」というのに参加して、聞いて納得した言葉だ。

椅子坐禅などを提唱し、現在、越前市で瑩山禅師ご誕生寺の再興に力を入れておられる元曹洞宗管長、元総持寺貫首の板橋興宗禅師のお話の中で聞いた。お話の題目そのものは「愚痴を愚痴らない」というのだった。愚痴聞き地蔵様をお祀りしていることもあって、この題目に興味を持ってこの会に初めて参加した。

最初に椅子坐禅の実習があった。僅かな時間だったが、ただ、それだけで気分がスーと落ち着いた。ひょうひょうとした語り口で、聴衆を魅了した。話の内容はもう殆ど忘れてしまったが、この題目のお話は最後まで無かった。それに気づかれてか、元々そのおつもりであったか、一言、「この題目の話はしませんでしたね、とにかく、グチグチと愚痴を言わないことです」とだけおっしゃった。その通りだと合点した。

今の世の中、若い人と言わず、ほとんど誰もがあれがほしい、これもほしいとほしい物だらけかも知れない。人ごとみたいなことを言っているが、いつの頃からか、私自身はそういう欲望が無くなってしまい、あれがほしい、これがほしいと言っている人を見るとむしろ「うらやましい」と思うようになった。何かを悟ったわけでもないが、とにかく、そんなにほしい物がない。昔から、年を取ると何もほしくなくなり、名誉と勲章をほしがると聞いた。勿論、不名誉より名誉の方がいいが、それも強いて言えばどうでもいいし、勲章もどうでもいい。恩師が言われたことがある。順番だから貰っておかないと迷惑を被る人があるかも知れないと。そうかも知れないが、それも仕方なかろう。強いて何がほしいか聞かれると、時間ですと答える。それに健康を付け加える事もある。物がほしくなくなると、確かに煩わしいことは不思議なくらい無くなる。

ただ、お話の後で、板橋禅師に質問しようと思ったが、一般の方々の質問の時間を食ってもと思い、尋ねるのをやめたが、求心の中に、いわゆる「向上心」はどうなるのだろうか。これも「求心」には違いない。これもなくなれば、楽なことはこの上もないかも知れないが、人間のあるべき姿としてどうだろう。八正道の「正精進」には当たらないだろうと思う。だから、向上心まで無くせというのではなかろうと、私は勝手に思っている。

かつて、何かに書いたが、授業アンケートなるものに、教員が自由に設問できる欄があったので、学生に不躾にも「あなたは、学問的向上心を持っていますか」と聞いた。多くは、「持っている」「まあ持っている」と答えたが、驚いたことに、数人の学生は、あっけらかんと「全くない」と答えた。いろんな物質的な欲望、求心はともかく、学問的向上心は、学生にとっては、必須のものではないかと思う。

〔2008.2.2〕

私の仏教 ―― 四弘誓願①

衆生《しゅじょう》無《む》辺《へん》誓願《せいがん》度《ど》　煩悩《ぼんのう》無《む》尽《じん》誓願《せいがん》断《だん》
法門《ほうもん》無量《むりょう》誓願《せいがん》学《がく》　仏道《ぶつどう》無上《むじょう》誓願《せいがん》成《じょう》

これを、普通次のように訓読する。

衆生は無辺なれども誓って度せんことを願う。
煩悩は無尽なれども誓って断ぜんことを願う。
法門は無量なれども誓って学せんことを願う。
仏道は無上なれども誓って成ぜんことを願う。

弘誓《ぐぜい》とはひろく衆生を救おうとする誓願である。菩薩道を余すところ無く述べたのが、この弘誓である。観音様の弘誓の有様が観音経（妙法蓮華経観世音菩薩普門品）にもっと具体的に細かく述べられている。観音様が衆生を救うのに色々な姿で現れるのを三十三普門示現と言う。

衆生を救う菩薩行について、正法眼蔵を元にして編纂された曹洞教会修証義には、「自未得度先度他の心」と表現されている。菩薩は、自分の身は後にして、他を救うのである。宮沢賢治が、「世界全体が、幸福にならない内は個人の幸福はあり得ない」と言っているのはこの菩薩の心を表したものだ。

　今の世界の様子に目を向けてみれば、およそそれからは遠い。何より、戦争が絶え間なく起こっている。どんなに、高級な議論をしても、自分の主義主張を通そうとする自分を第一にした欲望だ。今、そういう意味では国家エゴという物がとてつもなく大きくふくらんで、どうにも制御しきれなくなってきている。国家は、金儲けのため、政府系ファンドなどともっともらしい名前をつけて呼んでいるが、正に金の亡者。人々の生活など全く眼中にない。儲かりさえすればいいのだ。原油の高騰も正にそれだ。穀物等の値段の高騰もそれだ。一方に飢えで困窮している人は一杯いるのに、まるで眼中にはない。

　世界の政界・財界を牛耳っている人は、自分さえ良ければいいのだろうか。そんな人たちに人々は権力を譲り渡したのだろうか。もし、選挙が民主主義実現のための装置ではなく、そういう人たちを選びだす装置だというならばわれわれはもっと利口にならなければならない。そういう人たちに、毎日この四弘誓願を唱え、少しでもその気になってほしいと真剣に思う。

　衆生は本当に無辺だ。種々様々な人が、種々様々の考えを持って生きている。それはそれでいいが、お互いが、お互いを認め合い、慈《いつく》しみの心を持ち、仲良くこの世で過ごせないものだろうか。先に、仏法僧の三宝に帰依するという三帰戒は「浄く、正しく、仲良く」ということだと言った。三聚浄戒も結局同じ事だと言った。この戒をたもつということは、お互い、人を人として尊重し合う事であり、そのことに尽きる。人が人として、まともに生きていこうとすることなのだ。実にそうでない人が多いということなのだろうか。

衆生無辺誓願度、これ実行するためにも、我々は自らを人に迷惑を掛けずにきちんとした生活が出来ていけるよう、自らを律していかなければならない。

〔2008.3.4〕

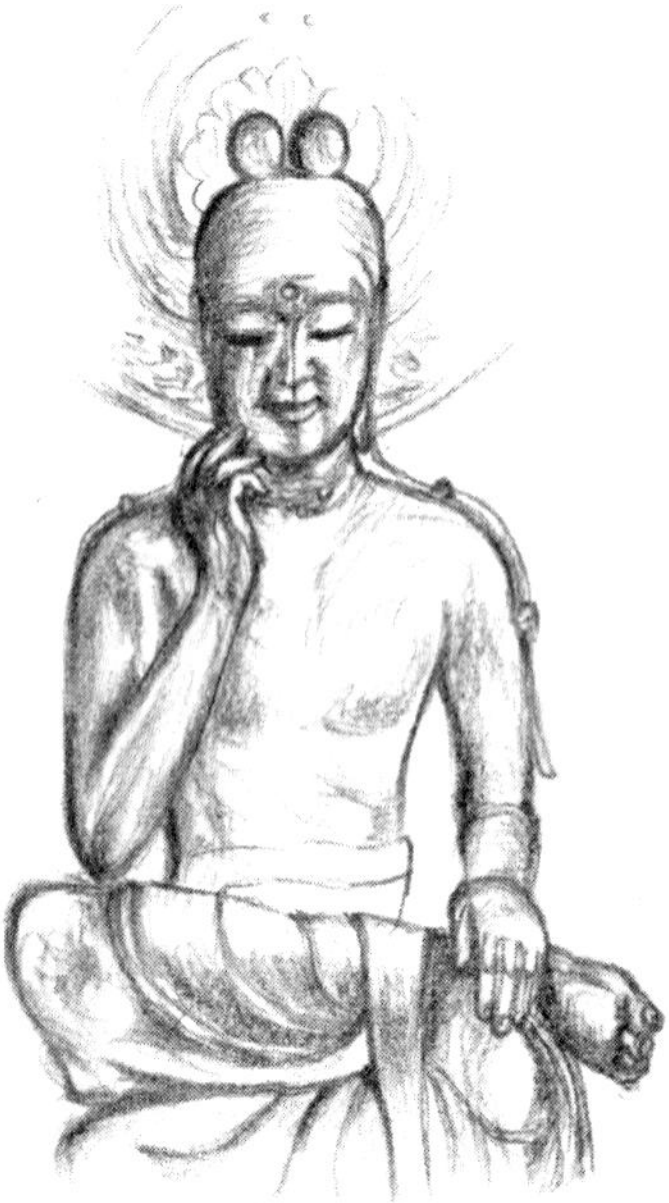

私の仏教 ―― 四弘誓願②

煩悩無尽誓願断《ぼんのうむじんせいがんだん》

煩悩は無尽なれども誓って断ぜんことを願う。

人は煩悩の固まりだとさえ言われることがある。あらゆる事が、それにとらわれれば煩悩の種になり、煩悩に成長する。

典型的なのがあれが欲しい、これが欲しいという物欲。人間生きていく以上、何か先ず食べ物は手に入れなければならない。他の動物でもそうだ。植物だって、とにかく生ある物は何だってその命を養うに必要な物がある。必要最小限の物を手に入れたいと思うのを欲が深いとは言うまい。仏様も、少欲たれとは言うが、無欲であれとは言わない。ところが、人間に限って言えば、その欲に際限がない。有ればあるほど欲しくなるのだ。権力者がこれでもかこれでもかと物をため込むのはその一つ。欲には際限がない。どこかの国の失脚した大統領夫人の洋服や靴がゴマンと有ったという話を聞いたことがあるが、哀れな話だ。

野生動物は何時も餌を探している。しかし、必要なだけ食べれば後はのんびりしている。中には、餌を貯えるのもいる。貯えた場所を忘れてしまって、あっちこっち土を掘り返したり、到頭見付けられず、それが幸いして、しまい込まれた木の実が芽を出して拡がるということもあるそうだ。お愛敬である。旅行などするとき、人は大荷物である。渡り鳥など見ていると何も持たず誠に羨ましい。

煩悩は物欲に限らない。欲の範囲は広大である。人間には、名誉欲などという厄介な物もある。歳を取ってくるにつれて、そう沢山食べることも出来ない、体が言うことを聞かなくなるから、いろんな物を見て歩くということも億劫になる。ところが、そんな人でも、権力に対する欲望とか、名誉に対してはそうばかりではないらしい。勿論人にもよるが、いい年になっても、一向そういう欲がおさまらない人がいる。そういう人を見ると正に、煩悩は無尽であると思う。

ただ、そういう欲のおさまらない人は、一方では、大きな仕事をする場合もあるから、一概に否定をしてはいけないのだろうが、しかし、大変だろうなと思う。心のおさまるときはないだろう。

〔2008.3.4〕

私の仏教 ―― 四弘誓願③

法門無量誓願学《ほうもんむりょうせいがんがく》

法門は無量なれども誓って学せんことを願う。

この「法門」は仏の教法、法《のり》の門のことである。私の今まで述べてきたことを当てはめるならば、人間が人間として生きていくために学ばなければならないこと全てである。それは、正に無量である。限りがない。限りのないことであるが、それを生ある限り学ぼうというのである。今はやりの生涯教育であり、生涯勉強である。

世の中にありとあらゆる人の生業は種々雑多。それにつれて学ぶことも多種多様である。それぞれの道に専門家が居る。その専門家になるには実に色々のことを学ばなければならない。どんなことでも、それを究めた人はすごいものである。門外漢から見ればそんなことまで知っているのかと感心させられることが多々ある。そうしてみると、私なども大学の教師という以上、他の人から見ればひとかどの専門家のように見えるかも知れないが、いざ、突き詰めて問いただされれば、曖昧な知識が多い。これこれこうだと断定的に言えることなどそう多くはない。

自分の専門に関して言うならば、段々分からないことが多くなってくる。ついには、分からないということが分かればいいのだと開き直りにも似たようなことになってくる。実際、何が分かって何が分からないかということを知ることは大切である。そして、何を調べればそれが分かるかという事を知ることも大切である。

人間生きていく上で数々の試験というものを経験しなければならない。学校での色々な試験、ある資格を得るための試験、入学試験、就職試験等々。試験を受ける者にとって、試験が嫌なことは言うまでもないが、試験する方も決して楽ではない。大学の入試問題は世間の目にさらされ、ちょっとしたミスもとやかく言われる。

最近、大学入試センター試験で過去の問題を使うことを解禁したというニュースがあった。当然の処置だと思う。過去の問題は全部公開されている。これをそのまま使えるのとそうでないのと有ろうが、改善しながら使うのは労力の無駄を省くことになる。こういう問題作りに費やされる労力は、言っては語弊があろうが、非生産的だ。別に有効に使うべきだろう。

さらに、分野によっては、完全な問題を作成して番号をつけ、試験間際になって、何番の問題を解答せよと受験生に知らせて答えさせる事も、今後のコンピュータ社会では一人一人にコンピュータを与えて、その画面に問題を表示して行うことも可能になろう。直前に発表すれば問題が漏れるのも防げよう。しかじかの知識を試すための試験ならばこれで十分ではなかろうか。

話が逸れてしまったが、人間一生勉強である。学ぶことは正に無限にある。人生を有意義に生きていくためには、何時までも意欲を持ってそれを学び続けることが必要なのだろう。「法門無量誓願学」である。〔2007.3.26〕

私の仏教 ―― 四弘誓願④

仏道無上誓願成《ぶつどうむじょうせいがんじょう》
仏道は無上なれども誓って成ぜんことを願う。

ふつう、このように訓読している。しかし、考えてみるとちょっと変なような気がする。「仏道はこの上ないものだけれども、それを誓って成そう」というのか。「無上なれども」の「なれども」は訓読して勝手に付け加えたものだ。「無上だけれども……」にはどうしても違和感がある。「無上だから、一生懸命成じよう」という方がピンと来る。もちろんこの「だから」というのも勝手に加えたものだ。「仏道は無上だ」「誓って成じよう」で良いのだけれども、それを繋ぐために、「(だ)から」とか「(だ)けれども」と勝手に接続助詞を加えたのだ。それが「なれども」では、どうもしっくりしないということだ。ただ、仏道は無上で、とても手に負えないと思うけれども、何とか成就しようというような意味に取れなくもない。順接でも、逆接でも結局は同じ事なのか。

これ以前の三句については、「…なれども」でしっくりしていた。

このことについて思いだすことがある。現代短歌「水甕」の大家熊谷武至さんと同じ職場で色々お話を聞く機会があった。勤めていた大学は法然上人の教えをいただくところだった。新しくなった建物の前に法然上人の歌の歌碑が据えられた。そこに「月影の至らぬ里はなけれどもながむる者の心にぞすむ」とある。校歌にもなっている。この「なけれども」は「なければや」とあるべきだと仰有るのだ。そんな気もするが、このままで良いような気もする。未だによく分からない。

さて、仏道が無上だということについては、仏教として言うのだから当然だろう。ところで、仏道とは、私は、人間が人間として当たり前の生活をしていくための方法だと思う。今まで、そのつもりで書いてきたし、そのことを書いてきた。ただ、その人間があるべき人間として生きていくことが、実は簡単なことではなかった。如何に容易ならざる事か、「仏道無上」という言葉に簡潔に示されているのだ。

このことは、法門無量ということと言い方は違うが、同じ事だろう。人々が、現に、まともに、人としての道を踏み外さずに生きているならば、いとも簡単なことだが、見まわしてみて分かるとおり、そういう人は稀だ。聖人といわれるような一握りの人だ。だから、我々はそれを学んで、成していこうという誓いなのである。

人間が人間としてまともに生きていこうという決意、その誓いが、この「仏道無上誓願成」である。

〔2008.3.27〕

閑話休題　――　ばってんこ

　広辞苑を見てもこの言葉は載っていない。日本国語大辞典にもない。方言だと思うが、日本方言大辞典にも載っていない。名古屋方言の辞典を見てもない。私だけが知ってる、という事は無かろうが書いた物には載っていない。傷口などに貼ってある絆創膏などを言う。テープ状の絆創膏をバッテン印に貼ったのから言うのかも知れない。それはどうでもいいのだが、拙寺の山門を見て、正に顔に大きくばってんこが貼ってあるという感じなのだ。

　二枚の開き戸のうち一方が無く、おまけに、そちらは袖の部分もなくて、門の半分が、ベニヤ板で覆われてしまっている。それを見て、思わず顔半分を怪我してばってんこが貼ってあるようなイメージを持った。他人事のようなことを言っているが、本当は一寸困ったことなのだ。

　実は、数日前、外出先から帰って来たとき、アレッと一瞬目を疑った。門の左半分が無くなって向こうがすけすけに見える。そこに、一台の軽自動車が鎮座ましましている。年取った警官と、若い女性がいる。その女性が運転する車が、バックして駐車場に入ろうとしたのに、前進して山門に突っ込んでしまったというのだ。ブレーキが利かなかったという。多分、アクセルと踏み間違えたのだろうけれども。戸を支えている柱――一尺角ほど有る太い物だが――を薙ぎ倒し、門扉を吹っ飛ばし（この門扉も、かなり大きな物で、大人二人がかりでようやくもてるくらい)、柱を支えている梁を割いてしまい、門の中の庭園灯を踏んづけ、かなり大きな庭石までずらしていた。それでいて、車は大した損傷もなかったし、運転手も特に怪我は無い。不幸中の幸いだった。やっと、事態がつかめた。大したこともないようでもあり、大したことでもあるようで、その日一日、保険屋や損害調査会社の人や、応急修理の職人がやってきた。寒い日で大変だったが、用心のために戸締まりだけはできるようにしなければならない。その日は虎柵で一応囲った。明くる日又大工が来て、門の半分をベニヤで覆ってしまった。それが、ばってんこを貼ったような姿なのだ。

車が突っ込んだとき、人がいなくて幸いだった。直後に訪問者があったそうだ。大きな音を聞いた家人は、今、近所のビル工事が大方終わり、外囲いや足場を外している最中のところで何か落としたのだろうと思っていたそうだが、訪問者にこの事故のことを知らされたという。大きな音がしたらしい。

これからどうしてくれるのか知らぬが、とにかく古い門だ。寺自体は百年一寸の物だが、門は、開基家の関係の家の古い門を譲り受けたのだと聞いている。寺よりずっと古い。古いがどっしりとしている。どっしりしているがあちこちが歪んでいる。裂けた梁を取り替えるとなると解体しなければ成らず、これから随分長い工事になると思うと億劫だ。かといって、化粧板で補強して済まされてはみっともなかろう。元のままに直して欲しいのだが、果たしてどうなるやら。暫くは、ばってんこを貼った門を眺めていなければならない。はじめは可笑しかったが、段々可哀想になってきた。

人の住んでいるところに車が突っ込んだという事故を見聞きする。怪我人こそ出なかったが、事故というものは厄介な物だ。

〔2008.2.17〕

私の仏教 ―― 自未得度先度他

少し前、「私の仏教 ―― 四弘誓願①」のなかで、曹洞教会修証義の、「自未得度先度他の心をおこすべし」という自分の身は後にして、他を救う菩薩行のことについて、宮沢賢治の言葉とともに紹介した。

このことについて少し掘り下げてというか、別の見方で考えてみたい。

丁度最近読んでいた物にこんな事が書いてあった。色々なところに乞われて講演に歩いていらっしゃる方の言葉だ。「……そして人知れず誰かのためになることができるのが喜びです。」とされたあと「こんなことを言うと、まるで聖人みたいに思われがちですが、私は自分のためであり、自分を肥やす栄養剤、心の糧を満たすためで、人のためではないことが正直なきもちです。」と書いておられる（佐橋慶女「老いて増えてくる能力を希って……」『禅の友　平成20.3』）。

私は以前から思っている。自分を捨てておいて、人のためになるということが本当にできるのであろうかと。我が命と引き替えに、電車にひかれそうな子供を救って自身がひかれた話、さらに、同様に、自殺しようとした人を救って自らは絶命した人の話、いずれも美談として当初称賛され、巷の話題となる。決して、それをどうこう言うものではないが、命を失った人は本当にそれで良かったのだろうか。それも一つの世のため人のためになるやり方だと言う人もいて、そのことも強ち否定できないが、なおかつ、その人が、生まれてきた使命を全うしたことになるのだろうか。

自分のやらねばならぬ仕事、やるべき事を放って置いて、人の手助けをしてやること、これも、考えれば「自未得度先度他」の行である。菩薩といわれるほどの人は、既にそれだけのことをして、自分を磨き上げているから、こういう行為が出来るのであって、まだ、自分というものが無い人がこれを真似ても仕方がないように思えるのである。先ず、「自未得度先度他」の心を起こすにしても、人に対して、貢献できるだけの力を携えていなければなるまいと思うのだ。私の知り合いに、お人好しなのだろうが、人に頼まれてそれをやっている内に肝心な自分に割り当てられた仕事が出来ず、仲間に迷惑を掛ける人がいる。悪気があるわけでないから、怒るわけにはいかないのだが、こんな場合本当はどうすべきなのだろうか。

人に物を教える職業に就いている私どものことを言えば、自分で十分の力量を持ちもしないうちに人に対して力になることは出来まいと思う。

先ず自分をきちんと整え、力量を保持した後に、人々に対して、それを分け与えていくのが道筋であろうと思う。お医者さんにしても、きちんとした力量を持ってこそ人々の治療をすることが出来る。生半可な知識、いい加減な力量で患者を見ることは出来ない。そんなことは逆効果でしかないだろう。

「自未得度先度他」は飽くまで、その力量を備えた人のすべきことではないだろうか。菩薩行も一方の人に迷惑が及んではならないし、本人も、称賛されなくても良いが、つぶれてしまっては何もならないだろう。自らを整えることは大変大事な徳目のように思う。

自未得度先度他は「自ら未だ度を得ざるに、先ず他を度す」。「度」は「渡」のこと、「彼岸にわたる」つまり「悟りを得る」ということを意味する。

〔2008.3.27〕

私の仏教 ―― 如実知見

ありのままに物を見ることをいう。

私は、六十八歳になったが、今までに近親の死に目に幾度となく会い、そのたびに言いしれぬ思いをしてきた。その時々に、世の中をまともに見ることを教わったように思う。

両親と兄弟だけの中で育った私は、中学を卒業するまで近親の死を目の当たりにすることはなかった。高一の夏、一緒に住んでいた、寺の中興開基と呼ばれるお婆さんが亡くなった。実質的に、この寺をここに建立した方だったが、すっかり老い果てて、写真に見るりりしさは微塵もなく、単なる一人の老婆の静かな死であった。私が同居したのはわずか三年あまり、その偉大さは後に知った。とにかく、一緒に暮らした人の最初の死だった。

次には、弟の死だ。数日前、寺の隣から火事が出た。深夜に見舞いに来てくれた。翌日下宿に送っていった。その時、父が弟の顔を見て、目がまっ赤なのをどうしてだと聞いていた。その四日後の突然の心筋梗塞による死、体は疲労困憊していたのだ。最期を看取っていた私は、何とかならぬものかと思うばかりであった。大学歯学部を出て半年、二十五歳、まさにこれからというときだった。しばらくは、本当のこととは思えなかった。父は、そのショックもあったのだろう、第一次オイルショックの後で、当時普請中の建築費のやりくりの苦労もあったのだろう、落成式の写真を見ると死相が現れていた。その明くる年、脳梗塞の軽い発作で入院、処置が悪かったのだろう、入院後何でもなかったのに三日後には昏睡状態、一週間で帰らぬ人となった。六十六歳だった。その後、私の次男が、生まれて三週間で死んだ。丈夫そうな顔をしていたが、動脈のつながり方がどうも通常とは違っていたらしかった。解剖もしなかったので真相は不明。翌年には、次の子が早産。次に授かった子供は、風疹症候群で、中絶を勧められたのを出産、小学校に上がるまでに十回を超える手術入院の連続、心臓手術、眼の手術の時はともに七十日近い入院生活だった。それでも明るく育ち、実に思い出多い。数年後に生まれた弟、元気な子だったが、小学校三年の時、ＡＬＤという難病を発症した。よくもって五年と言われたのが、もう十七年、ひとえに栄養の所為だと思う。風疹症候群の三男は小学生の内は天真爛漫で、面白く人気のある子だったが、中学になった途端、物も言わず、元気を無くし、二年の夏に痙攣発作後は、物も食べず、三年鼻注で寝たきり、十八歳で昇天した。今から十年前。死因はやはりＡＬＤ。その後養母が、健康診断をして入った老人介護施設で半年後に肺ガンでなくなった。片肺が完全に駄目になっていたそうで、苦しがったのも当然だ。何という健康診断かと思った。今年、長男が逝った。発病は何時のことかはっきりしないが、やはりＡＬＤ、十年ほど前から不自由だった。この数年は物も言わなくなっていた。解剖所見は未だ届かないが、頑健な体をしていた子が、見るも無惨にやせ細った体を見るのは忍びなかった。

　三男の死ぬ三年前、実母が、一年の患いの後亡くなり、養父も同じ年の末、十八年の患い、四年の入院で気の毒な最後だった。妻の母親も去年亡くなった。

生ある者が死ぬことは仕方のないことで、誰にも間違いなく死は訪れる。その思いをきちんと心に抱いていれば、この世の生活を、欲の赴くまま、したい放題ということも無くなると思う。そんなことを夢にも思わず、自分は永遠に生きているつもりで、居る人がいるのだ。

最近、近くの人が長年住んだ住まいを追い出された。欲に目がくらんだ大家の横車。その大家は言ったという。死んでも金は持っていくと。本当に、死に臨んだとき何と思うだろうか。

〔2008.8.19〕

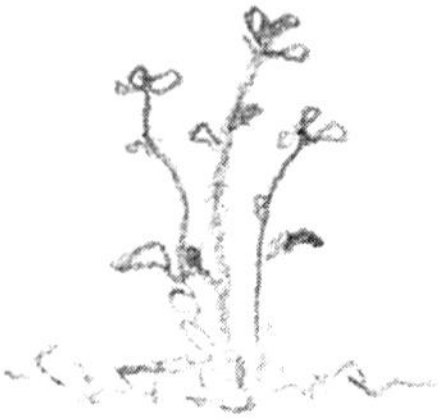

私の仏教 ―― われただ道を教えるのみ

悟りとは何かとある男がお釈迦様に聞いた。それにお答えになったところ、その男は「それを知れば皆悟りを得るのかと」。「悟る者もいれば、悟らぬものもいる」。結局本人の努力次第なのだとガッカリしたその男に、お釈迦様が城に行く道を尋ねた。答えた男に、「誰でもその道を行けば城に着くか」「着くはずだ」、「途中で休んだらどうなる」とお聞きになると、「着くのが遅れるだけだ」と。その時、お釈迦様は、「悟りへの道と同じだね」と言われた。「私は、悟りへの道を教えることは出来る。それを行くのは君たち自身なのだ。迷う者もいよう。しかし、志を失わなければ、誰もが悟りの城へたどり着けるのだ」と。

われただ、道を教えるのみ、というのは聞きようによっては冷たいとも思われるかも知れない。しかし、それは真実であり、愛情さえ込められている。

しかし、最近の教育事情はどうか。いわゆる「落ちこぼれ」を防ごうとあの手この手。それはそれでいいだろうが、おんぶにだっこでは結局は何も自分に残らない。甘やかし以外の何物でも無い。何より、学ぶ者自身の自助努力、真実を求める向上心が不可欠だ。

少子化が進み、望めば誰でも大学進学が出来るという時代、必然的に全体の程度は低下する。進学を「望んだ」以上、向学心はあるはずだが、そうでもないのが実情。進学率が高くなれば、そういう学生も必然的に発生する。教員は四苦八苦する。大学に相応しい内容を講義すれば満足する者がいる一方で、まるで理解できず、それを教員の所為にする者がいる。土台、みんなに理解させることは出来ない。ただ理解する方策を示すことは出来る。しかし、それを実際にやる努力をして教えられたことを自分のものにする学生と、それをせず、ただ、「難しい難しい」と念仏を唱える学生が居るのである。まさに、「われただ道を教えるのみ」である。「天は自ら助くる者を助く」というのも同じ事をいうのだ。

〔2008.8.19〕

私の仏教 ―― 参禅の感想

永平寺祖山会の『傘松』を見ていたら、中学生高校生の、永平寺での参禅の感想が載っていた。その中に初々しい感性を見て嬉しかった。どうか、その気持ちを持ち続けて欲しいと願う。

以前は四国新居浜市の瑞應寺瑞雲会の『銀杏』誌にも、多々良学園の生徒の参禅記が載っていた。それを読んだときにも同様の感慨を催した。

中学生の参禅の感想には、集中力のこと、無言での清掃のこと、人や物に感謝すること、自分で判断する能力を付けること、物を大切にすることなどを学んだということが書かれている。

言ってみれば、人間としてごくごく当たり前のことを学んだということだ。裏返して言えば、家庭でも、学校でもそういうことは学んでいないということだ。これは、事に依ったら大変なことだと言わなければならない。家庭の教育力、学校での教育力、特に人間としてのあり方について何も学んでいないのである。困ったことだ。これは、宗教教育をおこなってはいけないなどと言って避けてきたツケなのかも知れない。

こんな、人間として基本的あり方を教えることは事々しく宗教教育などという必要もないことなのだ。人間として当たり前のことなのだ。何か､世の人々は勘違いしているのではなかろうか。まさに、

「羹に懲りて膾を吹く」を地でいっているようなものだと思われる。以前、話題になった、給食を食べるとき、「いただきます」というのが、特定の宗教の押しつけだと騒いだ親が居て、校長もそれを説得できず、以後何も言わずに食べるなどと言うバカげたことがあった。敢えてバカげたことと言わなければならない。

これを仏教だと言って避けるとすれば、まさに仏教とは、人間としてのあり方を示すもので、いわゆる「宗教」とは一線を画するものであり、私が前から書いてきたことを裏付けてくれるものだ。

食事が出来ることに感謝するのは至極当然のことなのだ。昨今、食糧危機が叫ばれると、このことは俄然現実味を帯びてきた。

〔2008.11.16〕

私の仏教 ―― 食事は大事な修行

船橋市の小学校で六年生の男の児童が、給食に出されたパンを喉に詰まらせて窒息死していたということがテレビでもラジオでも新聞でも報道された。

色々詳しくその状況が報じられている。餅を詰まらせて死んだということはよく聞く。そうしたら、ご飯でもうどんでも、パンでも、何でも喉に詰まらせて死ぬことはあることだということも報道され、珍しくないのだという。こんにゃくゼリーを詰まらせて死んだということが随分報道され、あたかも、こんにゃくゼリーの所為だというような報道ぶりだった。改良して売り出してもあいかわらずマスコミは批判的だった。しかし、こんにゃくゼリーに味方するわけではないが、それが悪いというのは何となく釈然としない。要するに食べ方であり、食べ物に対する態度の問題だ。

食べ物に関してはお年寄りの事故はよくきく。お年寄りにとっては全て危険なのだ。しかし、今回のパンの事故は、年寄りではない、小学六年生。

校長がショックを受けているというのも頷ける。どういう状況だったか知りたいという親の気持ちも良く分かる。よくよくこの辺の事情を調べて再発防止に役立てて欲しい。

亡くなった児童には気の毒だが、食事をきちんとすることは誠に大切なことである。きちんと食べていさえすれば、こんな事故もおこらなかったと思う。それには、それぞれの食べ物に対して、一体どういう経路をへ、どれだけの人の手を経て自分の食卓に上がったのか、ということに思いを致し、それに感謝して、自分の体と心を養うためにいただくのだということを肝に銘じて食べることである。そうすれば自然ゆっくり食べることになるだろう。禅寺では、食事も修行である。食事の際唱える五観の偈はまさにそのことを言うものである。早食いとか、大食いなどは以ての外。

一時、親の中に、「いただきます」というのさえ怪しからんなどというとんでも無い人がいたということをきく。そんな考えでは何とも成らないと思う。

〔2008.12.20〕

私の仏教 ―― 変

二〇〇八年に名前を、一字の漢字で付けるとすれば、「変」なのだそうだ。漢字協会が発表した。清水寺の管長が大きな字を書いて、新聞の話題にもなった。年末のラジオ番組でも話題になっていた。

昨年が「偽」だったのに比べれば、なるほどと思えるし、悪いイメージばかりではない。清水寺の管長さんはこれを積極的に評価していた。アメリカの次期新大統領に、黒人として初めての大統領として当選したオバマ氏もChangeを合い言葉、キャッチフレーズにして支持を得た。「変」は確かに「変える」「変わる」の意味がある。が同時に、「奇人」「変人」の「変」でもある。「大変だー」の「変」でもある。

二〇〇八年一年を虚心に振り返ってみると、この「変」はどうしても「変革」「変化」の意味には取りにくいような気がする。「変革」「変化」は来年に向けての希望と考える。だから、今年の世相を表す「変てこ」な「変」と、来年への希望を表す「変革」の「変」とを重ねたものと考えておく。

「変」はこのように取れるのだが、変はとにかく、「変化」である。「変化」を「ヘンゲ」とも読める。そうなるとまたまた違ったニュアンスを帯びる。それも、やはり何かが変なものに「へんか」した物を言うのである。

「変化」は世の常のこと、「諸行無常」そのものである。

〔2008.12.31〕

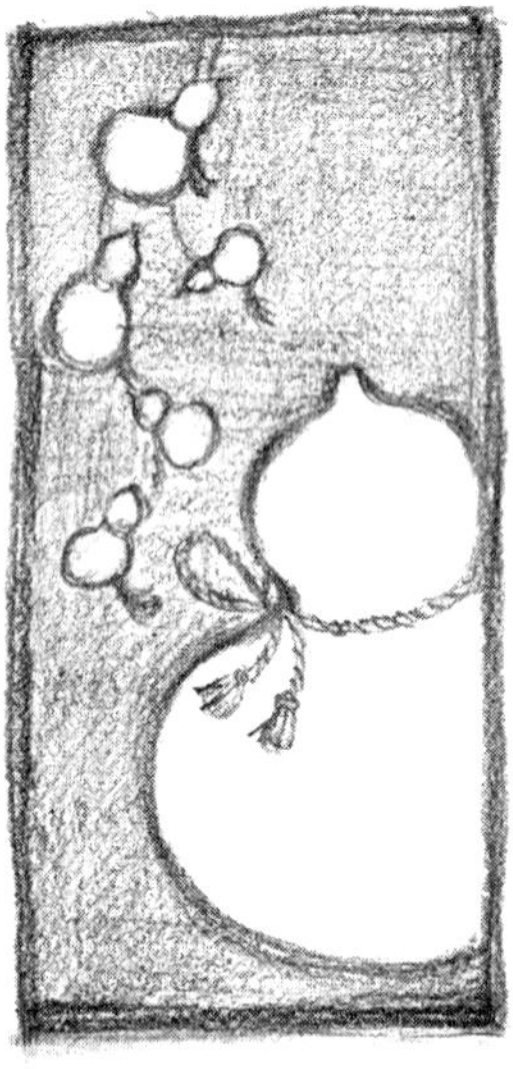

私の仏教 ―― なんでやねん

民放のテレビの成人の日の特集番組「大阪三昧」というの中で、有る漫才コンビが調べた結果、この「なんでやねん」という言葉が大阪のおばちゃん達の一番よく口にする言葉だそうだ。かなりいい加減な調査みたいだが、その結果には出演者諸氏納得していた。

前日、火事のニュースに関係して、私は月参りに行った先で質問を受けていた。七十一歳の老人が住む家が火事になったというニュースだ。今年は、火事で死者が出るのが多いので、すわっ！又かと思ったが、幸い無事だったようで、これは一安心。しかし、原因が、ロウソクだというのである。それは、電気代を払わなかったために電気を止められ、ロウソクで明かりを採っていたのか、暖を取っていたのか、そんな危険きわまりないことをして火事を引き起こしたという。

質問は、「なぜでしょうねぇ、家も自分の家、幾らお金がないと言っても年金もあるでしょうし、大した料金でもないと思うのですが」ということだった。私にも分からない。

翌日の新聞に関連記事が載っていた。離婚して、一人暮らし、相手から六万円から八万円貰っていたが、年金はないとのこと。電気だって直ぐ止められるわけではなかろう。何ヶ月も滞納したのだろう。それは書いてない。贅沢言えば切りはないが、幾らでも節約できる、まして老人ともなればさほど費用もかからない。普通なら、電気・ガス・水道含めても数千円で充分だろう。それが払えないというのは、余程の事情が有ればともかく、払わないのだろう。私に質問した人は、こういう考えだった。私も本当に「何故だろう」と思う。

今、世間を騒がせている派遣社員・期間労働者の解雇の問題にも共通した疑問がある。総務省の偉い様が年越し派遣村に集まっていた人達の働く意志を疑問視したような発言をして大きな顰蹙を買った。そういう立場の人が言うべき事ではなかった。しかし、派遣社員の実態を知っている人達に言わせると一理あるという。私には分からぬ事として、解雇された途端に、寮を出されたから住むところを失ったというのは分かるが、「食事をするお金もない」ということだ。まるで蓄えがないのだろうか。蟻とキリギリスのたとえ話のキリギリスだ。こんな事を言うと叱られそうだが、それには疑問を抱かざるを得ない。

初期仏教の修行者達は、必要最小限のもの以外何も貯えず、日々の食べ物も托鉢に依っていた。中国・日本と伝わるにつれ、気候・風土の違いもあり、その通りのことは出来なくなっていったが、精神的には少欲知足で不要の貯えはしないのが建前。恒産有れば恒心有り、という精神の逆をいくやり方である。

少しの貯えもないという人達は、この境地に至っているのだろうか、やはりこれも「なんでやねん」。

〔2009.1.13〕

私の仏教――糞掃衣《ふんぞうえ》

街を自転車で行くといろんな落とし物が目に付く。随分いい物が落ちているなぁと思っても、一瞬で通り過ぎてしまうので残念ながら拾えない。勿体ないなぁと思う。この頃一番よく見かけるのが、手袋だ。片一方のことが多い。相当上等なのも、余り惜しくもないような物も有る。落としたてといった感じのもある。何とか、踏みつけられぬ前に、持ち主に返ったらいいなぁと思うが多分だめだろう。手袋は落ちていても拾おうとは思わない。靴が片方、或いは両方落ちていることがあるが、どうしてなんだろう。ボールが道端に落ちていることはよくある。テニスコートや学校の近くにはいつも決まって落ちている。井上ひさしの小説に、戦後野球をしたくてもボールがないので、布を丸めて作って遊んだというようなことがあった。隔世の感である。最近は見ないが、ゴルフボールもよく落ちていた。自転車はもちろん、オートバイも、自動車までも落ちている。アメリカがそうだったと以前聞いたときには不思議に思ったが、今は日本も同じように堕落して、物を大切にしなくなった。

色々の布きれが落ちていることも多い。歩いて、これを拾い集めたら、直ぐに大袋一杯になってしまうだろう。

昔、お袈裟はこういう落とし物の布きれを綺麗に洗って作ったという。お袈裟は、今でも、一枚の布をそのまま使わず、幾つにも切って縫い合わせてあるのは、本来拾い物を縫い合わせた物だという建前からである。それを糞掃衣という。

ところが、今、糞掃衣と言えば、まさに上等な袈裟。色々の切れが継ぎ合わせて作ってはあるが、上等な切れを使っている。形だけは真似ているが、落とし物の切れを洗いに洗って綺麗にして作ったのとはまるで違っている。こういうのを形骸化というのだろう。

物が豊かになるということは悪いことではない。しかし、余りに豊かになるのは良いことでもないように思う。アリストテレスだったかが言った、「ちょっと足りないくらいがいい」と。確かにそう思う。

金融危機に端を発した今の不景気、職を失って路頭に迷うような人が出るのは困るが、車が売れないから減産するということは、悪いことばかりではないと思う。それを生かすことをみんなで考えていこうではないか。

〔2009.2.7〕

私の仏教 ―― 小寺の小僧

今、私が住んでいるのはまさに小寺、今、小僧という身分ではないが、やっぱり、小寺の小僧というのが私に似合った呼び方かも知れないと思う。

子供の頃、まさに小僧と言うに相応しい頃、終戦後の混乱期だったが、その頃は、大寺に住んでいた。大寺の小僧だった。大寺の小僧は大変だった。朝早く朝課の当番と、典座《てんぞ》（だいどころ）の当番があった。一日おきだった。小学校に行く前からの事だった。掃除が大変だった。冬などどうしていたのか、余り記憶ははっきりしてはいないが、今思えば、懐かしくさえある。私と、兄だけのことだ。後の兄弟はまだ小さかった。

その頃父親は、今考えてみれば三十歳代後半の元気盛りの頃だ。その父が、我々のやることをみて、ことある毎に言ったものだ、「それは、小寺の小僧のやることだ」と。具体的なことはみんな忘れたが、この言葉だけを覚えている。

何かの拍子にこんな事が意識にのぼった。きっかけは何だったか忘れた。今昔物語集にこんな「こでらのこぞう」の話がある。希代の碩学、妙法蓮華経釈文という著作のある学僧である山科寺の仲算という坊さんがいた。一条摂政の世尊寺での法会の折、山門・寺門・南都の学僧が招待された。談笑中に、そこの景色を愛でて仲算は「此の殿の木立《きだち》は他とは違っていいなぁ」と。傍らにいた木寺《きでら》の基《き》増《ぞう》という坊さん、それを聞きとがめて「奈良の法師は物を知らないんだな。『木立《こだち》』と言うべきで、『木立《きだち》』などとは、……」と爪弾きをした（注）。仲算これを聞いて。「やっ、これは、間違いましたな、そうすれば、貴僧はさしずめ『コデラのコゾウ』ということになりますな」とやった。一同大笑い。摂政はその笑い声を聞きつけ何事かと問うた。そのわけを聞いて、基増は罠にはまったな、と言ったので、益々大笑い。つまらぬ物咎めをしたお陰で、「小寺の小僧」というあだ名が付いてしまった、という話し。平安時代からこういう言葉があったのがおもしろかった。

今、「小僧」などと言えば差別用語呼ばわりされて使いにくい。しかし、以前は平気で使われた。中学を卒業したばかりの子供達が大勢集団就職で町の工場や、商店などにやってきたとき、人々は「小僧さん」と親しみを込めて呼んでいた。

ひとつ記憶に鮮明に残っていることがある。或る、お寺の方、住職ではなかったが、一人前の大人だったが、その人は私の所に電話をしてくる度に、「〜寺の小僧ですが、……」と。私がまだ未成年で文字通り小僧の頃のことだ。随分怪訝に思ったものだが、そうとしか言いようが無かったのかも知れない。

注＝この現象は、日本語の音韻変化の中で有名な現象。「火の穂」を「ほのほ」言うのも同じ現象。

〔2009.2.8〕

私の仏教 ――― 精進

生きていくことは嬉しいこともあるし、悲しいこともある。やりたいこともあれば、やりたくないこともある。いいことばかりではもちろんないし、良くないことばかりでもない。総じて言えば、気に染まぬ事の方が多いかも知れないが、物は考えようだ。尤も、この我々の生きている世の中を「娑婆世界」と言うが、これは「忍土」「忍界」と漢訳され、「苦の世界」ということなのだそうだ。この「苦」というのは、必ずしも「苦しみ」ということではなく、思い通りには成らないと言うことだ。そこで生きて行くには、どうしても堪え忍ばなくてはならないことがあるのだ。

この前、二月になって、プロ野球のキャンプが始まった後でのこと、朝、テレビでドラゴンズの合宿風景を放映していた。その中で、今年四十三歳になる（現役選手としては、かなりな高齢だ）山本昌投手を特撮していた中でのことだ。山本選手は１００kgの巨体の持ち主だ。チームメイトとは別メニューで体力作り、テレビではよく分からなかったが、一人で、坂道のランニングに励んでいたようだ。そのとき、私には聞こえた。「やだなぁ」と。私は、思わず顔をほころばせた。そうなんだ、やっぱり、彼も嫌なんだ。決して、彼を責める気で書いているのではない。思わず口からそういう言葉が吐いて出てきたことに、自分の色々な所作に当てはめてみて「なるほど」と、とても感動さえした。

いろんな人に聞いてみると、しなければならないことなのだが、何となく気乗りがしない、やだなぁと思いながら取りかかるということが存外に多いようである。やっている内にその気になって、「やだなぁ」という気もなくなり全力を傾ける、といったことが随分と有るようである。

寒い朝、自転車で出掛ける前は何となく重い気分になる。しかし、暫くすればまるでそんなことは感じなくなる。寒いから大変でしょうねとか、暑いときはどうするんですかと聞かれることが屡々だが、一つ返事で「暑い寒いと言っていては自転車には乗れないのです」と。しかし、その実、その気になるのには少しばかり時間が掛かるのである。

何事もその気になって精進することが、人間には必要なことのように思う。

〔2009.2.19〕

私の仏教 ―― 仏壇と位牌

或る方からの質問。実家に一人だけいた母親が病気で、遠くの病院に入院し、その家は空き家、仏壇の位牌だけをお兄さんに頼まれて預かっているが、特に供養もせず、箪笥の上に、布を被せて置いてある。仏壇を買って祀るべきか、祀ってもただ形式だけれども、一体どうしたらいいだろうかということである。

不明な点もいくつかあるので、簡単にこうこうすればいいというように答えることは出来ない。特に、仏壇の本尊様はどうなっているかが分からない。

しかし、最終的には特別どうしなければならないということはない。ご本人のご意向次第というところが大きい。まさに、心の問題である。これを寺の和尚の見識で、こうしなさい、ああしなさいと言うことは勿論言える。なにも疑問を抱かず、言ったとおりにする方もあろうが、しかし、最終的には、ご本人の気持ちの問題である。納得してするのでなければ、ただ、形式的なことに終わってしまう。

人々のそういう頼りない心理を突いて、怪しげな占いなどがはびこる。如何にも根拠ありげにこうせよ、とか、こうしてはいけないと偉そうに、命令口調で言う。ほとんど何も意味のないことばかり、それをテレビでもやってるのを有り難がって見ている人が居るのが、現状なのだ。

これが世の中の現状かも知れない。だから怪しげな宗教まがいの物が流行るのだ。一人一人の拠って立つ心の拠り所がないのだ。教育のせいであり、正しい宗教教育が成されてこなかった事による。

お位牌とか写真、或いは仏像は象徴的なもので、本当はなくても差し支えない。しかし、それによって、宗教心、或いは、故人に思いを致すことが出来るのであれば、一概に不要とは言えない。決して、偶像崇拝ではない。

宗教儀式も結局の所は、人々の宗教心を呼び覚ますよすがなのであり、色々の権威付けは、まさに文字通りの故事付けである。

尤もこうは言っても、宗教儀式を執り行う人々が日頃修行に励み、人々に敬意を抱かれていることは、別に考える必要がある。これこそは、この「私の仏教」シリーズで私がしばしば説いてきたことである。人間としてまともな生き方をすることを学び実践することこそが、修行であり、その結果、身についた行いで、人々に宗教心――まともな人間として生きる心――を養うのに役立てれば、大変結構で有り難いことなのである。人間としてまともな生き方をすることは、自分のためでもあり、人をも救うのである。

〔2009.3.22〕

私の仏教 ―― 苦楽は糾《あざな》える縄の如し

「人間万事塞翁が馬」という故事がある。世の中のことは、大抵は、この諺の元になった故事と同じである。長所と短所は裏腹であるし、いいと思ったことが仇になり、逆もある。徳をしたと思ったら、それが損の発端であったり、損をしたことが後の得の元になったりする。利口な子供は親を捨て、親から邪険にされた子が親の世話をするというようなことは、枚挙に暇がない。

昔から夢占いということがある。今、テレビなどでもまことしやかにこんな事が行われている。見た夢から、これからの吉凶を占うのである。夢判断、夢解きなどということが行われていたことが、物語や説話に見られる。同じ夢でも、それをどう解くかによって全くまるっきり運命が変わることがある。ということは、運命は決まっているのではなく、それをどう考えるかによって、道が決まってくるということだ。変な風に解かれ、その暗示に掛かって悪い方向に行ったり、その逆もあるのだ。

最初、書こうとした事とは違うが、事のついでに私の夢占いを一つ紹介する。ご馳走の夢を見たとしよう。皆さん、そのご馳走を食べてから目が覚める場合もあろうし、食べようと思ったら目が覚めてしまって残念に思う事もあるでしょう。そのどちらがいい夢か。これは、その時の健康状態を反映するように思う。食べた夢を見て醒めた後何となくお腹がふくれて具合が悪いような気がすることはありませんか。食べ損なったときには気持ちよくお腹が減っている状態だ。この伝で、何かを無くしたり、失敗した夢は、現実にはそうではなくて、それから気をつけるということでいい夢だ。逆に何か拾ったり、いい目にあったりは、夢の中だけのことで、誠に儚い。そう、私は思っている。

本題は、こういう事。

或る、かなり高齢のご夫婦が——と言っても、後期高齢者ではない——七福神参りをした話だ。自分たちの足で、歩くのはともかく、バスや電車で回るのは中々大変だ。丁度バスツアーがあった。それなら、一日で回れる。それに参加してのことだ。バスは時間で動く。それぞれの所は大抵は山の上とか、中腹にあって、バスで近くまでは行けても、後はどうしても徒歩だ。一時間とか、30分の時間的猶予ではその方がたにとってはとても大変だった。帰ってからの土産話は、ああ疲れた、大変だった、もう、こんなバスツアーはこりごりだ、ということ。楽をしようと思って思わぬ苦労、楽は苦の種。

苦が楽の種になればいいのだが。

〔2009.3.27〕

私の仏教 ――タバコと修行

なかなかタバコの魅力には抗しきれないものらしい。町を歩いていても、立派な紳士、かっこいい若者、タバコを手放せない様子だ。私の偏見だが、そういう様子を見ると、立派な紳士も台無しだし、かっこわるい若者にしか見えなくなってしまう。歩きタバコ、車中のタバコ、自転車に乗ってさえ、タバコが手放せないようだ。もう、そういう人達にとって、タバコは麻薬だ。ただ、法律的に麻薬に指定されていないだけ。完全に習慣性になっているのだ。そういう人達は、周りの人達がどう思うかなど、全く念頭にはないらしい。嫌だなぁと思っても周囲は黙っているほかない。しかし、近年少しずつ事態は変化してきている。タバコの害は吸う本人以外に及んでいることがはっきりしてきた。このことは、タバコのみは是非知っていて欲しい。そういう私、学生の頃少し吸ったが、喉の弱かったせいで直ぐにやめられた。

お釈迦様の時代、タバコはなかった。だから坊さんにタバコを飲むなと禁止はしていない。ところが、聖徳太子は、日本にタバコが伝わる1000年近くも前の人だが、タバコの害を説いたという伝説がある。先代旧事本紀「未然本紀」に「煙艸米を費やす」予言しているという。この記事を元に、江戸時代の碩学面山瑞方和尚は「煙草を禁ず」の一文を草している。曹洞宗大本山永平寺では、平成二十一年の四月から境内全域が禁煙になった。永平寺から出ている『傘松』六月号に永平寺講師宗清志師がこの面山師の「煙草を禁ず」をめぐって仏教徒のタバコとのかかわりについて論を展開している。

　日本には、十六世紀に伝わっている。江戸時代にはタバコの害が始まっているが、面山師はタバコを吸う人の愚を論い、「米を費やす」について五つの害を説く。そして、この害は世俗のこと、「もし、僧家これを嗜むに至りては則ち大いに仏事に害あるなり」とし、当時日本で黄檗禅を鼓吹していた隠元禅師がタバコを衆徒に戒めたことを言う。香の香りの功徳に対して、タバコの臭いを「十方の天人、其の臭穢を嫌いて咸《ことごと》く遂に遠離す。諸の餓鬼等は、彼の食す次に因ってその唇吻を舐《ねぶ》る」のだそうだ。タバコを吸っている人の口には餓鬼がたかりねぶっているというのだ。「もし臭穢の口を以て、直に妙典秘呪を読誦する時は、則ち只功徳を失するのみにあらず、却って軽蔑三寶の重罪を招くなり」と。そして「只、冀わくは、仏子、煙管《きせる》を拗折《ねじお》りて、糞掃堆に放擲し、三業清浄を得了りて、口気常に栴檀香を吐かんことを」という。仏子、心すべきことだ。

　坊さんにはタバコのみが多い。見かねて注意したら、逆に、「そんなことを言っているから、みんな長生きして困るのだ。健康を害すればいいのだ」と。これは論外だが、他にも、確信犯的な人も多い。大学人にもそんな人が多いのは、人を導く人がそうであっていいのか、頭の痛い問題だ。要するに、結局のところ個人の自覚による他はない。

〔2009.9.11〕

私の仏教 ―― 歴史に学ぶ

中国はことある毎に日本に対して歴史に学べと言う。それは確かにその通りである。歴史は変えられないし、これから、我々が生きていく上で、正しく歴史を見つめ、そこから教訓を得なければならない。忘れっぽい日本人に対する大人中国の教訓として受け取らなければならない。

しかし、それは、日本人に対してだけ向けられる言葉ではなく、人類全てに対して発せらるべき教訓である。中国人中国政府も当然対象だ。

今年の六月四日は例の民主化を求める学生大衆に向かって人民解放軍が重火器を持って自国民を弾圧してから二十年の節目に当たる日であった。香港などではデモが行われていた。

ところが、中国では全くその報道はされていない。日本のテレビ放送もその場面になると真っ黒な画面にされてしまっていた。そういう様子がテレビで何回も知らされた。中国人民には一切知らせない、つまり、歴史を学ばせない政策なのだ。中国政府はあの事件はもう決着が付いて総括済みだという。本当か。死者の数すら政府発表と非公式集計とは数倍の差がある。あの事件によって、中国は民主化のチャンスを失ってしまったのだ。そのツケを経済発展という形で払おうとして数々の社会的ゆがみが発生した。食品への毒物混入やメラミン入りのミルクで多数の赤ちゃんが被害にあった。当事者を厳罰に処するだけでは、こういう事は根絶しない。

一見無関係と思われることも、裏では希望を持てない人々のうめきとして鬱積しているのだろう。為政者はそれをこそ聞き取るべきであろう。そのためには、歴史に学ぶということの大事さ、ありのままに現実を観察することが要求される。

今、中国政府は、北朝鮮の挑発行為に手を焼いている。北朝鮮は、いっかな日米の言うことはおろか、中国の忠告も聞こうとしない。政治の世界はそんなに素直には行かないのかも知れないが、やはり、歴史に照らして、世界の人々があぁ、そうだ、と認めるような行動を取らなければならないのだと思う。

やがてそのことが歴史となる。バカげた行動だったと反面教師にされないよう、歴史にてらして賢明な行動を取るべきだろう。

〔2009.6.10〕

私の仏教 ―― 歳の取り方

「サックセスフル　エイジング」――「上手な歳の取り方」とでも言おうか。ＮＨＫラジオの早朝番組でこんな話を聞いた。五回連続の最後のほんの二、三分を聞いただけだけれども、そのエッセンスのようなことを言っていた。お聞きになった方も多いかと思う。

四項目挙げていた。第一に、良く動くこと、特に足を使うこと。これはよく分かる。足から駄目になるということをよく聞く。現代人の宿命である。エレベーターやエスカレーターでなく階段を使う。車でなく、電車バスを使う。歩くことは、足に余程の欠陥のない限りは誰にでも出来ることである。ただ、もう、膝や腰が故障している人は気の毒ながら歩くのも容易ではなかろう。それ故、そうならないうちに、「上手に歳を取る」工夫が必要なのである。これは、普通の人なら、心がければできることである。

第二には、肉を食べることと言っていた。詳しい内容を聞いていないのでそのわけは知らないけれども、やはり、動物性のタンパク質や良質の脂肪が体には必要なのだろう。菜食だけではいけないらしい。

第三に、自分は健康であると思うこと、ということを挙げていた。確かに、マイナス思考ではよくないことは分かる。前向きの生活態度が必要なのだと思う。こう言われてみると、理屈は色々考えられる。確かに、一生懸命病気を探しているような人が居る。医者に「なんでもない」と言われても何となく不満で、又、別の医者を訪ねて受診するというような人は、病気を探しているとしか言いようがない。その間にすべき事があると思う。一方には、病気があるのに、医者に病気を指摘されるのを畏れる余り受診しないような人がいるが、共にほどほどにということである。過信はいけないが、そこそこ健康についての自信と正しい知識を持たなければいけないということだろう。

ただ、これは考えてみれば、自分が健康であると思えるためには実は色々気をつけなければならないことがあると思う。むやみに、自分は健康であると思うだけではやはりいけないのだろう。そう思える根拠が必要である。

第四には、積極的に、人中、人前に出て交流し、話をすることだと言っていた。一から三までが満足されれば、自然第四は果たされると思う。一から三までは文句の付けようがないのに、第四番目だけ満足できないというようなことはなかろうと思う。

別のところで聞いたことだ。この話の別の回に聞いたのかも知れない。はっきり覚えていないが、歳取ることは生きていれば誰でも当然のことである、これは、老いることは違うという。だから、「上手に老いる」のではなく、「上手に歳を取る」というのだ。歳を取っても、老いずにいるということは出来るらしい。

ただ、私自身、七十歳にあと少しで手の届くところまで来ると、その重圧で、若い頃のように、何年か先まで計画を立てて、こうしよう、ああしようなどとは思わなく成ってきた。一年先の約束も「生きていたらね」、とか、「元気だったらね」などと留保付きでしか出来なくなった。これが、歳を取ったということか、老いたということか。九十七歳で、十年先のことまで、計画されている長寿の日野原重明先生には脱帽。

それはそれとして、済んでしまったことを悔やまず、先を思い悩まず、一日一日を大切に、今を精一杯生きるということは人間にとってとても大切なことだと思う。

〔2009.9.7〕

私の仏教 ―― 菩薩道

菩薩は自分の成仏は差し措いて、人々の救済を第一とすると言う。曹洞教会修証義第四章には「たとい仏に成るべき功徳熟して円満すべしというとも尚お廻《めぐ》らして衆生の成仏得道に回向するなり、或いは無量劫行いて衆生を先に度《わた》して自らはついに仏成らず、但し衆生を度し衆生を利益するもあり」とある。このことに関して、私は常々何か割り切れ無さを感じていた。自分が未熟だから菩薩の境地が理解できないのだと思っていたし、今もそうである。だから、自分の命を犠牲にして、人を救った美談に関して、素直に称讃できず、そのことで、人と論争になったこともあった。

それと話は違うが、法蔵菩薩が誓願をして、自分は世の人々を全部救わない内は成仏しない、然も、既に成仏して阿弥陀如来になったのだから、全ての人々が救われているのだという論理、何か変だなと思っていた。

永平寺の祖山傘松会の雑誌『傘松』に連載されていた岡野守也氏の「環境問題と心の成長」を読んだ。なかなか難しいところがある。連載最終に近い二、三回は特に難しかった。「一体・非二元」という概念は言われてみれば、仏教的には確かにそうなのだと思う。そして、最終回に、「求道者＝菩薩にとって自らが覚者＝仏陀になることを求めることと他の生き物すべてを救うということは別のことではなく、一つのあるがままの真実の追求であるはずなのです」として、大般若経の文章がひかれている。世尊と須菩提《しゅぼだい》との問答である。世尊は、「もろもろの菩薩大士は真実の究極のあり方をよりどころとするからこそ智慧の実践を行うのだ」と答える。十分には理解できないながら、これを読んでいて、何となくもやもやが解けるように思った。

まるで話は変わるが、私が大学で講義をすることは、教師としての仕事である。それは、当然学生のためにならなければならない。しかし、単に知識の切り売りではいけない。必ず自分も学生と同じように向上しなければならないと思っている。時に、何年間も論文など書いていない人が居る、ということを聞く。それは、大学人としては、何も勉強していないこととほぼ同じなのだが、そんな人は一体何をしているのかと思ってしまう。自分の成すべき事は、勿論自分の向上であるが、そのことが同時に相手の向上になっていなければならないのだ。そこに、今盛んに叫ばれているFD活動が関わってくる。それは大学人たる者、人に言われてするのでなく、自らの実践としてすべき事柄である。自利が利他に一致するようにすべきである。利他が自利でなければならない。

又話は変わるが、人は結局自分のことしか考えられない。世の多くの子供の反発は、親や教師が、これはお前達自身のためを思ってやっているのだと恩着せがましく言うことである。それを言う大人の態度が本当にそうなのかどうかを子供は敏感に見分ける。その時、大人の利益と子供の利益が完全に一致すれば問題ないのである。そうありたいものだ。皆そうなれば世界平和も直ぐそこにある。

この新しい年に、自己の利益と他己の利益の一致を心から念願する。〔2009.11.16〕

私の仏教 ―― 僧侶と修行僧

言葉の問題である。ＮＨＫニュース（２００９年11月25日夜10時）で、能登総持寺《そうじじ》（輪島市門前町）の大根托鉢の様子を報じていた。この冬になって収穫された大根を托鉢して回って寄進を受け、大根切り干しにしたり、ぬか漬け大根にしたりして、今後一年の総持寺での食に供するための行持である。その紹介の中で、「僧侶と修行僧が一緒になって大根の托鉢をした」という。一度ならず言うので、間違いで言ったわけではなさそうだ。しかし、聞いていて、奇異の感を持った。最近の放送の言葉はＮＨＫでも、いろいろ違和感を抱かせるような表現があるので、一々目くじらを立ててはおられないが、この表現は何か誤解に基づくのではと思い、黙っていられなくなった。

これだけ聞くと、「僧侶」と「修行僧」とは別で、「修行僧」とは、総持寺に修行のために安居《あんご》している若（くなくてもいいが）い坊さんのこと、「僧侶」とは、総持寺に元からいて指導をする坊さんのことを指していると善意に理解出来るかも知れない。しかし、修行僧とて、僧侶の仲間であり、やはり、この表現はやはり拙《まず》い。

もともと「僧侶」とは、出家した人々の集団のことであった。しかし、いつの間にか、その集団の一人の人も指すようになった。広辞苑はそのことを簡潔にこう書いている。「出家して僧門に帰した人。

又、その集団」と（「集団」と「個人」の書き方は反対だが、）。だから、修行僧も僧侶も区別することはないのである。「総持寺の坊さん達が、……」「総持寺の僧達が……」でいいのである。

そうしたら、又、日をおかず（12日朝8時前のニュースで）、この総持寺のすす払いのことが報じられていた。やっぱり同じように「僧侶や修行僧が……」と言っていた。もう一言付け足せば、「総持寺」のアクセントも、頭高型でなく、平板型に言っていたのにも違和感を感じた。

〔2009.12.14〕

私の仏教 ―― 腰痛

腰が肝心要《かんじんかなめ》だということは、その文字からもよく言われる。腰を痛めたことのある人なら誰もが、ほんとにそうだと納得するだろう。

ぎっくり腰ということは随分前に経験した。動けなかった。もう三十年近くも前だった。まだ若かったせいか、その時教えて貰った漢方薬の湿布のお陰か、一日で治った。その後も何回か「あっ、しまった」ということがあった。最近は、もう二十年も忘れていたことが起こってしまった。ここしばらく、肩の痛みはあいかわらず続いているが、有り難いことに腰痛とは縁がなかった。

出発直前、靴下をはこうとしたとき腰に激痛が走った。

二日前、相撲を取ったときに、腰に違和感を感じた。直ぐ止めずに、三番の申し合いの一番目だったので、あと二番続けた。それで止めて帰宅したがそう大したことではないと高をくくっていた。その激痛の直前までは、もう治ったと思っていた。

困ったなと思ったが、何とか自転車には乗れたので、ああ、助かったと思い出勤。ところが、歩く段になると何とも情けない。一度に、腰を屈めてよぼよぼと歩く大年寄りの有様。そういう様子の人をよく見かけるが、自分がそうなった。本当にそういう人達が出歩くのが大変と言っているのが身にしみた。ほんの少しの距離でも、歩くよりは自転車の方が楽と言っていた人のことも納得できる。何でもその身になってみないと分からないということは、知ってはいても、それは知っているだけ。同じ境遇になった。

日にち薬で、幸い大方よくなった。ほぼ同年配の同僚の一人、「もういいか、良くなっても又ちょいちょい起こるからね」と笑いながら言う。自分の経験からなのだろうが、その人の人間性をまざまざと示しているように思え、興味深かった。と同時に、私だったら別に、言霊信仰からではないけれども、そんな不吉な予言を人に対してはしないだろうと考えた。「気をつけてくださいね」くらいに留めておくだろう。

腰痛には気をつけてはいるが、そもそも、腰痛を起こさぬ為に、腰を強くする方法はないものだろうか。色々聞いたり調べたりしたが、そのものずばり腰の強化策は見つからない。歩けとか、運動しろということばかり、やはり、気をつけて地道にこつこつとやるほかはなさそうだ。腰痛対策は、全てに通じることのようだ。

〔2009.12.17〕

私の仏教 ―― 入学生に贈る言葉

「天上天下唯我独尊」

これは、お釈迦様がお生まれになった時、四方に七歩歩まれ、こう仰有ったという言い伝えの言葉であります。偉人によくある伝説ですが、お釈迦様の教えから導き出された言葉と考えられます。しかし、これは決してお釈迦様お一人だけのことではありません。皆さん一人一人が「天上天下唯我独尊」なのです。

これを「天にも地にも我一人」とおごり高ぶった発言と曲解する方々もいらっしゃいますが、決してそうではありません。全ての人が、人として、他に掛け替えのない存在なのです。そのことをきちんと理解して自分を大事にしていただきたいと思います。

この頃は自尊心を失って、自分など駄目な人間だと、自分を貶《おとし》め、自信を失っている人が若者に多いなどと悲しいことを聞きます。自尊心を失うのは、他の人と比べて自分は……、とか、心ない大人達が、クラスの誰かと比べたり、兄弟と比べたり、その他の人と比べたりして、お前は駄目だ、などと言って自尊心を傷つけているからなのです。人は一人として不必要な人は居ません。それぞれがそれぞれの持ち前を持ってこの世に生を受けているのです。それぞれに役目があります。

では、一体、自分にはどんな役目があるのか、大学生活の中からしっかりつかみ取って欲しいものです。大学はそういうことをして、生涯のしっかりした足場を作る所であり、また、そういうことが心おきなく出来る場であります。

そして、自分が掛け替えのない存在であると同時に友達も一人一人全部掛け替えのない存在なのであります。ですから、お互いを大事にし、尊敬して、学園生活を、有意義に過ごしていただきたいと心から念じます。

〔2009.12.17〕

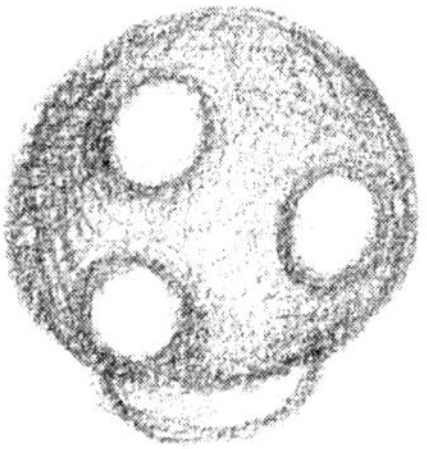

私の仏教 ―― 老

四苦八苦の内の老苦、今、痴呆性の老人のことは社会的問題だ。痴呆症――この頃は、認知症という――は老人でなくても深刻だが、老人は一層大変だ。

母が大腿骨を骨折して、入院直後、あらぬ事を口走りだした。典型的な老人性痴呆症の発症だ。そこに至るまでのことを言うと多くの人を傷つける。本当は何が原因かは不明だが、大体のことは察しがつく。

それはともかくとして、以後病院を転々として、病状は悪化の一途、遂に、自分の子供も区別が付かず、最も世話になった弟の名前も分からなくなった。看護婦が言うには、自分には子供が五人いると言ったが、名前を聞くと、長男の名前ばかりを繰り返すという。そうして、呼吸困難になって、二ヶ月近くを、苦しい人工呼吸器をつけられて逝った。年に不足はなくても、最後の十ヶ月は人格を失っていた。誠に残念だったが、これが痴呆症の真相だ。

母が死んだとき、兄のもとに、兄の同級生の人から電話が掛かった。開口一番「良かったなぁ。おめでとう」というのだった。まあなんとあけすけな、ありのままの真情の吐露だろう。彼女の、母親も同じ症状で入院していたのだった。

母は、幸か不幸か、入院後一時退院したときも歩行は自由ではなかった。それを称して、やはり「良かったな」と言う人がいた。痴呆で、足腰の丈夫な人は大変なのだ。こういう、一見非常識なような言葉はそういう親族を持っている者の経験から出た悲痛な叫びなのだ。きれい事ですむことではないのだ。

昨年度、痴呆性老人の徘徊は、行方不明、死亡というケースが百件近くあり、未だに行方不明も同数程度有るという。痴呆性老人ではないけれども、知的障害の子供の場合も、行方不明になって探すのに大騒動という経験を嫌という程味わった。その時、動物の行動を調べるために、その動物を捕まえて発信器をつけるということを聞いていたのを、その子につけることが出来まいかと思ったものだ。最近の技術進歩はそういうことを可能にしたようだ。幼稚園や保育園の子供にＩＣチップを付け、親たちが子供の様子を家にいても見られるということが実現している。園内に受信装置があるから出来るのだが、今の技術なら、道路に受信装置を設置することくらい、やろうと思えば出来るだろう。

人権問題を言う人があるかも知れないが、悲惨な結末を迎えるより、ＩＣチップを体に付け、受信装置を出来るだけ広範囲に設置し行方不明を防ぐ手だてを講ずることの方が大切ではあるまいか。

〔2004.5.20〕

私の仏教 ―― 万物咸緑

この春先から今までの天候の様子は随分変だった。しかし、自然は確実に初夏に向かっている。新緑の美しさは格別である。この季節を愛でる言葉として「風薫る」とか、「新緑が目にしみる」「まぶしい緑」とかいう。この新緑には目も心も癒やされる。このほっとする気分は他の季節にはない。あらゆる木に新芽が美しい。街路樹だけでも、銀杏、欅にトウカエデ、柳、シンジュにプラタナス、ポプラ、楠、アメガシワなどなど。桜並木も今や花から葉桜の香りがいい。昔東海道に植えられた松並木は所々に古木になっている物があるばかり、あまり街路樹には見られなくなった。日光の杉並木は今も見事だ。新芽の並木の下を通るのは嬉しい。

ツツジの花も鮮やかで、いい香りを放っている。栗の花の香りも鼻を刺激する。他に一々名前を知らないが、正に百花繚乱の季節である。その中で、ここ数日、芝桜のピンクが鮮やかだ。

つい先頃、テレビで、そのお宅の辺り一面をこの芝桜で一杯にした人の話があった。詳しいことは忘れたが、若い頃から、奥さん共々随分働いた人の話だった。畜産をしていたとき、一日の休みもなく身を粉にして働いている内に、奥さんが目に異常を感じた。医者を訪ねた時には、既に時遅しで、糖尿病から失明してしまわれた。その奥さんを何とか慰めようと、その方は芝桜を庭一面、更に、裏山にまで、テレビでは本当のことは分からないが、大変な量の芝桜。多くの見物人が来るまでになり、失明した奥さんも心の目で御覧になって喜んでおられた様子が映し出されていた。

私もこの芝桜の見事なピンクにはいつも目を引きつけられる。通勤の途中に群生しているところがあり、楽しみにしている。今年はいつもより大分遅かったようだが、今やっとその盛りになった。

どの季節にも取り柄があるが、今の季節、万緑の中で格別嬉しい気分になる。

〔2010.5.17〕

私の仏教 ―― 不飲酒戒

十重禁戒と言われる戒では、これに相当する戒を、「不《ふ》酤《こ》酒《しゅ》戒《かい》」という。「酤」とは「酒を売る」とか「酒を買う」という意味である。不飲酒戒となると、「酒を飲む」こと自体が禁止される。昔から、人と酒とは切り離せない物のようで、酒にまつわる、実に色々の話がある。不飲酒戒を不酤酒戒と言い換えているのもそのためかも知れない。

酒を飲むと、人によっては、判断力が無くなり、やっていいことといけないこと、言っていいことといけないことの見境が無くなり、失敗することが多い。中国の毒入り餃子事件の犯人も、酔っぱらって自分がやったと言いふらしたという。

飲酒運転など良くないことの最たるものであろう。酒による運転能力の変化は、人によって相当違いのあることで、かなり飲んでも平気な人、少しでだめになる人、種々様々である。しかし、取り締まりのためには、人によって差を付けるわけにいかないから、一律禁止になる。仕方のないことであろう。

いい酒と悪い酒がある。酔って、誠に愉快になる人と、酔うと誰彼の見境無く絡む人、周りの人を不愉快にする人が居る。そういう経験があるが、いたたまれなかった。若いときの経験である。私自身、あるとき笑い上戸になったことがある。これは、今考えると一種の病気である。何も面白いことがないのに笑えるのである。どのくらい続いたのか、記憶にないが、その当時よく色々の祝賀会や宴会があった。参加しないわけにいかず、根が好きだから飲むと訳もなく笑える。怒るよりはいいと言われたけれども、本人にとっては辛かった。無意味に笑うのも疲れるものである。

私の先生はよく飲まれる方だった。ただ、学生に向かっては、「酒は三十五歳から」と言われた。勿論、コンパなどで飲むことを禁止されたわけではなく、自分のお金で飲めと言うことだ。私は、よくその戒めを守り晩酌をするようになったのは三十四、五歳の頃からである。以後は膵臓の変調で、疲労の激しかったとき、治療の方法はなく、酒を飲んでいるならそれを止めよと言われたとき、二、三ヶ月断酒をした以外、休肝日などというものもうけず、ずっと飲み続けてきた。健康に特に異常はない。多少、胃腸の調子の悪いときも、お酒を飲めば治った。元々、私が酒を始めたのも、胃腸が余り丈夫でなかった私が掛かったお医者さんに、少しお酒でも飲んだらどうか、と言われたのも切っ掛けだった。

ところが、この四月から、丸でお酒が飲みたくなくなった。娘の薦めで、新谷弘美という医師が書いた『病気にならない生き方』（サンマーク出版、２００５）を読んで成るほどと合点したことに依るのである。未だ、手つかずの酒や焼酎がかなりある。それを片づけてからと思っていたが、そう決心した途端、飲みたくなくなった。ただ、まだ三週間弱だが、色々体に変調を来している。それで医者に行ったら、飲んだ方がいいよと言われてしまったが、飲む気が起こらない。元々飲まない人から見れば当たり前のことなのだが、飲んで、それが普通な私のような場合、このお医者さんのようにストレスになるから飲めと言う人と、止められるのなら止めよと言う人と両方。結局、自分で決めたことは、自分で実行しなければ成るまい。

これからは、有り難いことに、「不飲酒戒」をきちんと守れる。

〔2010.4.18〕

私の仏教 ── 何となくイヤだけど

こう暑いと何をやるのも億劫になる。かといって、クーラーを効かせた部屋ばかりにいれば、その時はいいが、後がいけない。部屋を出た途端、蒸し風呂に入ったように、体全体がムォーとしてくる。こんな時はやせ我慢で、何か仕事を作って熱中するのがいい。それが終わると何となく気分的にも、体感的にもスゥーとする。

スポーツなど何となく気分が乗らないときは怪我のもとだからやらない方がいいということを聞く。それもそうかもしれないと、それを口実にやめることもあった。しかし、本当のところはどうか。自分を励ましてやる気を起こさせてやってみるのも手ではないか。

自転車で通勤するのも、日によっては、今日はイヤだなと思う日がないでもない。そんなときに誰かが、今日はやめたらなどと言おうものなら、それに飛びついてしまうかも知れない。でも、決めたんだからと頑張っていくと、直ぐその気になり、目的地に着く頃には、やっぱり自転車で来て良かったと思うし、体も満足感をおぼえているように思える。

何に限らず、いつでもやる気満々とはいかないだろう。そういうときにどうするか、思い切ってやめておくのが良いときと、そうではなくて、無理にもやる気を起こさせてやってしまうのが良いときとある。暑いから、寒いからなどというときは大抵は怠け癖だから、やってしまうのがいいように思う。

寒い中に出掛けるのがイヤなときもあるし、炎天下、もう少し日が落ちてからにしたらというときもあろうけれども、エィヤァーとやってしまうのがいい。

この夏は、未だ七月下旬、年によっては、梅雨明けがどうのこうのと言っている時期だが、なんかもう、一夏過ぎたような気がするほど暑い日が続いた。これからが本格的な夏、この伝で頑張ろうと年甲斐もなく思っている。

〔2004.7.26〕

私の仏教 ―― 単伝

法が師匠から弟子にそっくり伝わるということを「単伝」と称する。仏法はそのようにして、今日に至っているという。辞書には、「他を差し措いて一人だけに伝えること」としているものがある。これが本当とすれば、そうして伝えられた仏法は誠に微々たる存在でしかないはずである。恐らく、そういう解釈に問題があるのだろう。

そして、単伝のために重要な事は、必ず師匠と弟子とが面と向かって法の授受が行われるということである。これを「面授」という。その法の授受は「一器の水が一器に移されるように、余すところ無く、また、余分なものを付け加えることなく」行われなくてはならない。これを「一器水瀉一器」という。

宗教は信仰という側面が重要である。仏教も、普通宗教的な面が主として取り上げられている。だから、この、「単伝」ということも、また、「一器水瀉一器」ということも、理屈から言えば、どうにでも言えそうである。

仏法は単伝されたから今日に至っているということも、一器の水を一器に瀉すが如く伝えられてきたから、仏法が正伝してきたのだということも、そういう信仰の上で言えることである。理屈をこねて、それは変ではないかと言っても仕方がないのである。

それはそうではあるが、全て何かが伝わると言うことに関しては、そっくりそのまま伝わるということは、物であっても、事柄であってもなかなかそうはいかないものだ。だから、単伝ということが言われるのだろうけれども。

電気でもある場所から、他に移そうとすれば、超伝導などということはあるが、普通は１００％は伝わらない。一器の水が他に移されればなにがしかは減少するのが当然だろう。しかし、「一器水瀉一器」と言うとき、そんな理屈を言っても始まらない。一方では師匠を超える力量が要求される。そうであってこそ、物事は伝わっていくのであろうが、当然変質する。それを何とか食い止めようとして、「一器水瀉一器」と強調されるのだ。

また、人の言葉などがきちんと伝わらないことは、伝言ゲームなど見ればよく分かろう。だから、一対一の「面授」が重視されるのである。

〔2010.2.1〕

私の仏教 ―― 少欲知足

車と酒とケータイ、これは現代社会でまともに生きて行くには必需品のようにみえる。しかし、私は、自動車で通勤するのは二、三年前にやめてしまった。移動の手段はもっぱら自転車。ケータイは持たない主義だ。今や、持っているのが当然とばかりに、いろいろな書類には、住所・氏名・電話・ファックス並んでケータイを書く欄がある。家内にも外出中の私に連絡を取りたいことがあるからと持つことを強要されたこともあるが、持ったが最後振り回されることは目に見えているので、確かにほしいことはあるが不便をしのんで持たないことにしている。ケータイは益々発達して、それ一つで殆どの用が足りるようになってきているようだ。酒は新谷弘美というお医者さんの『病気にならない生き方』に触発されて飲むのをやめた。特別何処がどうということがあったわけではないが、飲まないと決めたら、途端に飲みたくもなくなったから不思議だ。別に「断酒の弁」「不飲酒戒」を書いた。

現代社会で、この三つが無用になり、これらが関心の外に行ってしまうと世の中の見方がどうなるか。年齢も関係するし、育った時代環境も大いに関わってくると思うが、私の今のことを述べてみる。

衣食住は生活の基本であり、このことは、洋の東西、時代を問わない。平安時代、着る物には、食べ物と同様大変な価値があった。住に関しては、今の人々がそのために一生働いているような感じすらするほどの重さはないように思える。しかし、現代、つい最近に成ってのことのように思うが、衣服はかなり自由になったと同時に豊富になった。

自分的には（こんな言い方をよく聞くので使ってみた）、恐らくこの先何年生きようと、僅かな必需品の肌着を新調するほか新たに買わなくても、現在ある物を全部使えなくなるまで着ることは出来まいと思うほどだ。食べ物に関しては、もともと好き嫌いが無いので、事欠くことはない。住は、有り難いことにお寺を守って住まわせて貰っているので、必要な修理などをしさえすればいい。大風など自然災害が一番の大敵。こんな状態で生息している。

それでも、生きて行くには何か楽しみもなければと思い、時々出歩いてみる。幸い、さほどお金に不自由をすることもないので、欲しい物はあるまいかと眺めてみるが、先ず、欲しいと思う物が目に入らない。

学生諸君に言うことがあるが、「あなた方は欲しい物がいっぱいあるようで、いいよなあ」と。怪訝な顔をされるが、何を見ても欲しいと思えなくなったことを言うと同情される。

デパートに行けば、酒の種類の豊富なこと、実に様々な物がいっぱいある。着る物も同様。テレビを見ていて目に付くのが「髪の毛」に関すること、世の人々は髪の毛には実に色々苦労し、気を遣い、お金を使っているようだ。いわゆる飾りを捨てた者に丸で無用な物ばかり。未だ、禿げてくれないから、僅かに、その処置に時間が掛かる。ホテルなどで使ったヒゲ剃り、一度では捨てられないので貰ってくる。それが、しばらくは使える。未だかなりあるから、当分は大丈夫だ。必需品だと思わせられている車・酒・ケータイから自由になると気分的にこんなにも自由で、しかし一方味気ない世界が拡がる。

〔2010.5.15〕

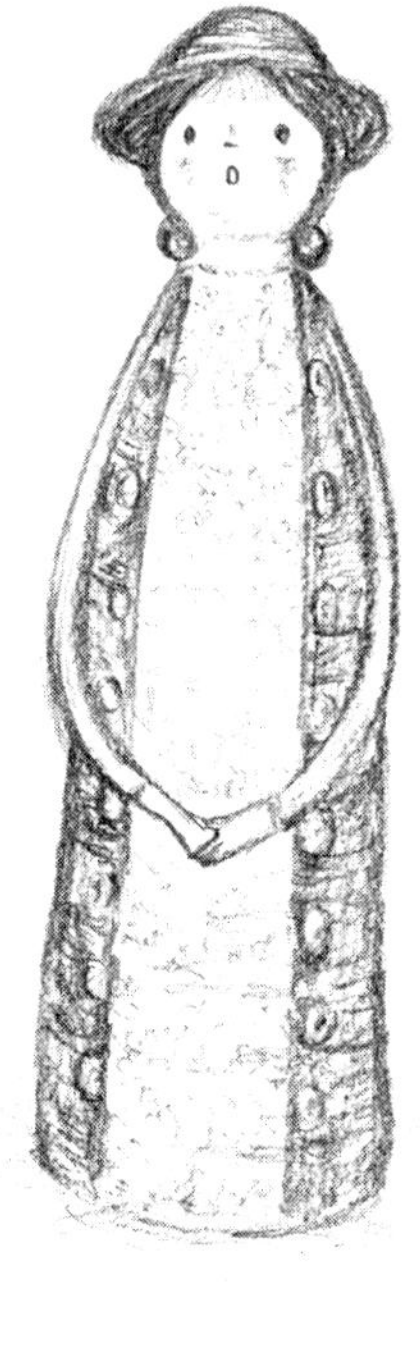

私の仏教 ——明けましておめでとうございます

新年の挨拶である。年賀状の交換については、虚礼であるとか、いや、やはり、お互いのコミュニケーションの一つであるとか、色々の論議がある。

近年、色々の方から、もう今年で年賀状を差し出すのは止めたから、あなたもくれないようにという趣旨のお申し出がある。確かに、忙しい中、年賀状を出すのは中々厄介である。文面を印刷して、宛名もワープロで印刷して出せばさほどのことは無かろうが、どうも、そういう年賀状を受け取っても、「ああ、来たか」程度にしか思えない私は、自分からそうする気にはなれない。結果として、随分手間暇を掛けることになる。去年から今年に掛けてはほぼ二週間、そのために費やし、その間ほとんど何も出来なかった。それで、締め切りの迫った論文を放置してしまい、請求され、泡を食った。その時は年賀状にこう時間を掛けるのはもう止めようという気分になった。忙しいときには確かに苦痛である。しかし、もう止めるという方々は大抵は高齢者である。暇がないことはない。自ら世間とのつながりを断とうとしているのである。これは考え物だ。暇をもてあますなどということがなければ幸いだ。しかし、多分は暇になるであろうから、面倒かも知れないが、生ける印として、一年に一度くらいの事はしてもいいのではないかと思えるようになった。

思わず、年賀状の論議をしてしまったが、書こうとした趣旨は、この挨拶の言葉についてであった。というのは、私は、つい先頃まで、この挨拶が何とも白々しくて嫌だった。お正月になって、「明けましておめでとうございます、本年もどうぞよろしくお願い申し上げます」などと言い交わすのが、しっくりこなかった。後半の「本年もどうぞよろしくお願い申し上げます」はいいとして、何故、年が明けておめでたいのか、本当にそう思っているのかしらんと変な思いだった。月日が経てば当然新年になると思っていたからで、それが特におめでたいとも思えなかったからである。そんな理屈を言っても仕方ないから、まあ、挨拶はしたけれど。

しかし、歳のせいなのだろう。急に、新年を迎えられたことは、確かに、おめでたいことだと心底思えるようになった。この程度のことをこの年になるまで分からなかった私は、よほど人間が迂闊で奥手に出来ているのだろう。お互い、無事、新年が迎えられたということは確かに目出度いのだ。印刷だけの簡単な年賀状に、一言「無事でいます」とだけ書いてこられる方がいる。万感が籠もっており、本当におめでとうと心から言えるのである。

〔2010.1.17〕

私の仏教 ―― おかげさま

「おかげさま」という言葉、日本人の考え方を示す挨拶言葉として、色々のところで取り上げられコメントされている。直接関係の無いようなことに対しても、何気なく（これを「なにげに」と最近は言うそうだ）「おかげさまで」という。理屈っぽい人は何もあなたのお陰じゃないけど、などと言いたげではあるけれども。とにかく、始終我々日本人は天地人万物の諸々のお陰を蒙っている事を感じているかいないかはともかくとして、「おかげさまで」と口に出して言う。ある宗教学者が、日本人ほどあらゆる事物に宗教的情感を持つのは世界でも珍しい、日本人が無宗教だなどとはとんでも無い、これだけ、宗教的施設が多く、これだけ多くの人を集めている例は他にはないというようなことを言っていたが、私もそう思う。

平成二十二年の夏のこと。もう九月十一日、暦上は夏は疾うに過ぎていた時のことである。木の陰には、正に「おかげさま、木陰様」と感謝の気持ちで一杯だった。気温は九月になっても相変わらず三十五度近い。日差しも、空に遮る何もないので誠に強い。けれども日陰にはいるとヒンヤリと涼しい。建物の陰でもいいが、樹陰だと一層涼しく感じる。自転車は、停まるとだめだが、走っている内は風も快い。停まるとき、木陰があるとホッとする。いつも感じるのだが、この日はことさらに感じた。道の両側から枝をさしのべてくれている街路樹、こんな所を通るのは楽しみだ。なかなかその道が長く続かないが、あちこちでこういう所を通った。そういう街路樹としてはケヤキが一番だ。ケヤキは相当背も高くなり、かなりの上空から日光を遮る。クスノキやトウカエデ、イチョウもいいが、中々ケヤキのようには枝を張ってはくれない。何回も悪く言って申し訳ないが、サルスベリはこういう街路樹としては落第。名古屋の道路管理者の中にこの木が好きな人が居ると見えてそこら中にある。花は確かに綺麗だけれども、日よけには成らない。余り大きくならなくて交通標識や信号などの邪魔にならないし、落葉も知れているから管理はしやすいだろうけれども、街路樹としては役立たずだ。これは、どこかのお庭に植えるといい。

この日、暑い中自転車で走り、木陰を「おかげさまで」と文字通り有り難く肌で感じた。

〔2010.9.11〕

私の仏教 ―― たべもの

東海しにせの会が出している小雑誌「あじくりげ」を読んでいた。ちょっと古くなったものだが、軽い読み物として夏の暑いときにはうってつけだった。食べ物の話中心だが、その中にこんなのがあった。題名は「食後の口紅」だが、それと直接の関係はない。女性が、お豆腐・おうどん・おそば・おねぎ……とやたら「お」を付けるが、男はおにぎりぐらいはともかく、おりんご・お紅茶はくすぐったい限りだと。そのくすぐったい中には「おすし」もあった。

かつて、友人との会話の中で、私が「おすし」と何気なく言った。その時随分ケンのある言い方で咎められた。その「お」を止めろと。自分の不断の言葉遣いを考えてみると、すしに関しては、「おすし」「すし」半々のようである。

道元禅師は正法眼蔵「示庫院文」のなかで「斎僧の法は敬を以て宗と為す」とされたうえで、「いはゆる粥をば、御粥とまをすべし、朝粥ともまをすべし、粥とまをすべからず。斎をば御斎とまをすべし、斎時ともまをすべし、斎とまをすべからず」という。さらに「よね、しろめまゐらせよ、とまをすべし、よねつけ、といふべからず。よねあらひまゐらするをば、浄米しまゐらせよ、とまをすべし、よねかせとまをすべからず」。以下食べ物に対する一々の行為を「～しまゐらせよ」と敬意を以て扱うべき事を指示している。それは、斎粥の調度類に対しても及ぶ。そして「不敬はかへりて殃過をまねく、功徳をうることなきなり」と。

道元禅師は、食事に関してはことのほか厳しい。もっとも、四六時中の行住坐臥すべて、つまり、生活全体が、仏道修行だから、当たり前なのかも知れない。全ての基礎になる食事、食材を粗末に扱ってはならぬのである。「示庫院文」は言葉の上でも、粗末な扱いを戒めている。言葉が気の持ち方をも規定していくものであるからである。

〔2010.8.18〕

私の仏教 ―― 人のわろきこと

「人のわろきことはよくよくみゆるなり、わが身のわろきことはおぼえざるものなり」――蓮如上人御一代記聞書の一節である。新聞の宗教欄に引用され解説されているのを見た。自分の悪いことは中々気づかないものだから、他人の言うことを謙虚に聞けという趣旨の解説があった。

それも確かにそうだ。ただ私はちょっと違う感想を持つ。

小さな子が、目聡くゴミを見つけて拾い上げる。顔に付いた小さなほくろを何かと気にする。小さなイボを指さして何かと聞く。ちょっと言い間違えたことも聞き逃さない。靴下の穴に指を突っ込んで大きくする。成るべく見られまいとして隠してある物をわざわざ引っ張り出してくる。悪気があるのではなく、興味があるのだろう。それでいて、自分は幾ら注意されても履き物はバラバラに脱ぎ捨てる。そろえてあった物までめちゃめちゃにする。何回でも同じ事を言い間違える。挨拶やお礼の言葉を何回教えても中々覚えない。覚えているのにわざと言わないのかも知れない。

これは頑是無い子供のことで大人は笑って済ますことが出来る。ところが、これが一人前の大人だったら、一々しゃくに障って目くじらを立てるだろう。

何回言っても、電気は点けっぱなし、水道もきちんと止めてない、ドアは半開き、新聞見たら、くちゃくちゃの侭、帰ってきても挨拶もしない、……言いだせばキリは無かろう。

それでは自分はどうか。

日本のタクシーは下りてからドアを閉めると却って運転手に迷惑がられる。きちんと閉まればいいが、半ドアの場合が多い。もう一度開いて締め直す。それが癖になっているから、外国でタクシーを降りたときも閉めない日本人が多く不評だと何かで見た記憶がある。開けっ放しにする人が多いから、こんな仕掛けになったのだ。客商売の場合、客を余りとがめ立てできないということからこんな事になったのだろう。親切が仇になることがあるのである。

この頃、人が来るとぱっと電気が付くことがある。人を感知するセンサーの働きに依るのであるが、これも、点けっぱなしにする人が多いから出来たのだろう。トイレの電気がこうなっていた。じっと用を足していると消えてしまう。仕方なく手を動かして、俺はここに居るぞと意思表示をしなければならない。

誰もが多かれ少なかれ不注意がある。一々とがめ立てをしていたらきりがない。それで気まずくなって不仲になることすら有る。電気が点けっぱなしだったら黙って消せばいいのだ。

ただ、中には、どうしても言ってやらなければならないこともあろう。成るべく子供の内に十分言い聞かすことだ。耳にたこが当たって効き目が無くなることもあるかも知れないが、多くは聞かされていないために知らずにいることが多い。挨拶がそうだ、返事がそうだ、挨拶をしない、返事をしない親の子が挨拶をし、返事をすることは、まず無い。

大学でもこんな事を言わなくてはならない時代になった。
大学の先生の中にもこんな人が居るにはいるけれども。
〔2010.8.7〕

私の仏教 ―― 有為転変

三月十一日に日本を襲った大地震は東北関東大震災、或いは東日本大震災と言われるようになった。これに関して、どんな文脈での発言か知らないが、歯に衣着せぬ事で知られた石原都知事が「天罰」だと言ったということを人づてに聞いた。其れを言った人に、どういうところで言ったのかと聞き直してもよく分からない、知らない、などととても曖昧だ。ただ「天罰」という言葉だけが伝わっている。何か言うとき、気をつけなければならないことだと思う。福島の原発事故もあって、おいそれと、推量は出来ない。どんな文脈で、誰に対しての「天罰」なのか分からないから、それ以上ここではそのことを追及はしない。

私は、この震災に限らず、多くの天災地変は或る意味で「人間の所行」に対する戒めだと思う。そう思って、何がいけなかったのかよく考えて我々人間は慎ましく注意深く生きていかなければならないと、常々考えている。

地震にしろ、台風にしろ、火山の噴火にしろ、有史以来、数えきれぬくらい発生し、繰り返し起こっている。それは、人間が居ない限りは単なる自然現象、何の被害もない。如何なる大地震も、猛烈台風も、火山の大爆発も、人間が居るからこそ災害であり得るし、人間が作った物があるから、破壊もされるのである。まさに有為転変である。

今回の震災の災害、原発事故の有様を報道で見聞きしていて色々感ずることがあった。皆さん方も同じ思いだろうと思う。まずは、被災され亡くなった方々、避難されている方々には、謹んで哀悼の意と同情の気持ちをお伝えしたい。外国からも心のこもったメッセージが伝えられるのを聞いてわが事のように嬉しい。何も助けることが出来ないのを歯痒く思うばかりなので、出来る範囲で義捐金（最近は義援金という）を送ることで気持ちを落ち着けた。

各地で、寒い中、不足ばかりの中で、出来る限りの協力態勢でこの難事を乗り切ろうとしている方々には誇りさえ感じる。是非、頑張っていただきたい。震災後、十日間も、壊れた家に閉じこめられていた祖母と孫が助かったのは大変嬉しいニュースだ。

原発でも、危険を顧みず、原子炉や使用済み燃料などの冷却のために放水をしたり、電源を新たに供給する工事が成されている。相手が、目に見えぬ放射線という代物だけに、その場で働いている人の恐怖はいかばかりかと察せられ、それでも、原発の最悪の事故を防止しようと懸命な努力をしている人々に感謝の気持ち一杯である。誰だって、こんな危険なことは出来れば避けたい。にもかかわらず、こんな事が起こってしまった。そこから逃げることは可能かも知れないが、敢えて危険を承知で頑張っている人達に、満腔の敬意を表する。

そういう中で、今何も不自由をしていない名古屋などでも、スーパーでカップ麺がなくなったとか、米が姿を消したとか、その他、かつてのオイルショックの際と同じような買いだめ買い占め現象が起こっているという。確かに、災害に備える必要は有ろう。しかし、……。災害地でも壊れた家から、めぼしい物の盗難が起こっているとか、義捐金に関して詐欺事件が起こっているとか、まさに、何とも言いようのない人達が一方にはいる。

何はともあれ、一日も早く災害地の人達が、普通の生活に戻れることを祈念する。

〔2011.3.21〕

私の仏教 ―― 同事

菩薩が衆生を救う手だてとして、四摂法が示される。曰く、布施・愛語・利行・同事の四つの項目である。布施については、いろいろ誤解はあるものの、世に流布している。愛語についても色々な方面で説明されている。利行は前の二つに比べれば、耳にすることは少ないが、この文字面からでも大抵のことは推定できる。同事については、曹洞教会修証義第四章発願利生の中で「同事というは不違なり、自にも不違なり、佗にも不違なり、譬えば人間の如来は人間に同ぜるが如し。佗をして自に同ぜしめて後に自をして佗に同ぜしむる道理あるべし、自佗は時に随うて無窮なり、海の水を辞せざるは同事なり、是の故に能く水聚りて海となるなり」と言われている。必ずしも直ぐに誰にでもスーッと分かる文章ではないかも知れない。誤解を恐れずに、ごく分かりやすく言えば、同事とは「相手の立場に立つ」ということである。

人の話を聞く場合を考えてみよう。先ず、相手の言うことを聞いた上で、「そうですか、なるほど」とまずは相手の立場に立つのである。すべて相手の言うとおりに同意できるのであれば、それで良し、もし、何か言わねばならぬことが有るとしても、とにかく、一旦は「そうですか、」と受け止めた上で、「こういう事もありますね」と相手によく分かるように穏やかに説明する。それを、同じことでも、相手の言うことを聞くやいなや、「でも、こういう事がありますよ」というのとどう違うか、考えてみるといいだろう。

三歳になる孫が、何か言えば、「チガウ」と言って、自分の主張をする。この子に「同事」の説明をしても仕方なかろう。自己主張が出来て結構だと言うべきか、「お利口だから、チガウと言うのを止めなさい」と言う他はない。その、主張を聞いてみても、特別のことがあるわけではない。

物事の十分理解できない子供は仕方ないとして、それが分かる大人はよくよく気をつけて、相手の立場に立って考えてみることをお勧めしたい。「佗をして自に同ぜしめて後に自をして佗に同ぜしむる道理」ということである。ちょっと聞くと反対のように思えるが、「佗の立場を自分にあてはめて」つまり、相手の立場に自分を立たせて、それから、自分の考えを相手に分からせるようにするのである。

昭和天皇は「あっそう」と言うのを口癖にされた。園遊会などで出席した人達の話を聞かれる様子が放送されていた。その折、天皇はいつも「あっ、そう」と言っておられた。そのように「同事」を実施して、相手の立場に立たれたのである。

〔2011.3.11〕

私の仏教 ―― 歓喜

何に書いてあったか忘れてしまったが、何かから抜き書きしたメモがあった。「真の歓喜　欲望を小さくして」と書いてある。他の所に、「所得は少なくいていい　満足＝所得÷欲望」とある。私が自分で書いた物だ。相当古くなっている。多分、仏教関係のパンフレットでも読んでいて、それが気に入って書き留めておいたものだろう。それを、今の自分も肯定する。確かにそうだ。なるほどと思う。

最近私は確かに何か欲しいということが本当に少なくなった。この気分は、年寄り通有なのか私だけのことなのか。色々な人と話していると私だけでもないようにも思うし、かといっておしなべてそうであるとも言えないようだ。正に、人それぞれというところか。

多分、もう余り生きる活力を失ってしまっているのだろうか。さほど多くのことに興味を持てなくなった。サッカーの勝ち負けに一喜一憂し、外国で試合があった日などは、時間が真夜中であったりし、テレビ観戦でみんな寝不足であるというような放送を聞く。「みんな」というのは、本当は、自分以外に同じ意見の人が一人いればそれで「みんな」と言うのだから、他愛のない話だが、少なくとも、私自身は決してその「みんな」の中には居ない。

余談だが、「みんなの党」などという政党がある。何が「みんな」だという人があるだろうが、これも子供が言う「みんなも持ってたよ、だから僕にも買って」などというのと一緒だと思えば、腹も立つまい。

それはさておき、日本が勝てば私もやはり人並みに嬉しく思う。しかし、徹夜してまで見たいとは思わない。それどころか、もう午後九時には寝る準備、テレビでいい番組があると言っても、十時に始まったり、まして、深夜にあるのなどは見ようとも思わなくなってしまった。

こんな私は、希望もなければ、喜びもないような気がしていた。しかし、この、「満足」というのを「喜び」と読み替えれば、得られた物は少なくても、欲が小さければ、それは大きくなるということを意味する。

子供を見ていると、なるほどと思える。中学生や高校生になると駄目だが、小学校の低学年までの子供は、さほど色々なことは知らない。だから、望みも少ない。自分の望みが叶えられると本当に欣喜雀躍する。少ししか、欲望を持たない子が、その欲望が満たされれば、満足は百%なのである。この、満足の方程式を満たしているように思える。

〔2011.1.29〕

私の仏教 ―― 報恩感謝

私が勤務している愛知学院大学の建学の精神は「行学一体　報恩感謝」という句に示されている。ことある毎に建学の精神を知っているか、それを体して講義をしているか、ということが問題にされる。この、建学の精神を示す語句自体についても諸解釈が示されている。

大野栄人学長は、「大学だより」の中に種々考察された後「行学一体とは生涯努力をし続けることに他ならない」と結論づけられた。それに異を唱える積もりはない。「行」についても「学」についても仏教関係の大学特有の意味づけが必要で難しいかも知れないが、私は単純な人間で、複雑な事は苦手である。大学の建学の精神としては（大学だけでなく、高校も、中学も含むのであるが）、「学」は「学問」「学ぶこと」、「行」は「行うこと」と考えておいて一向差し支えないように思っている。学んだことをただ机上にと止めておくのでなく、実行に移していくことが大事だということで、人間の一般の社会生活に通じることである。但し、言わずもがなのことだが、その学ぶこと、行うことは人間と社会にとって有用なこと有意義なこと、少なくとも有害でないことでなければなるまいと思う。

「報恩感謝」は人間として正に必要なことであるが、そのあり方については、ただ単に人を思いやるとか、感謝の心を持つということには留まらないように思う。そのことは当然だが、何より、自分の成すべき事を成すことが、そのまま、世のため人のために成らなければならないのだと思う。そのために、我々は自分を磨き、自分がこの世で成すべき事を見つけ、それに習熟する必要があるのである。それが「学」であり「行」なのだ。

私は以前、「自利」と「利他」は一致しなければならないと言ったことがある。情けは人のためならずという事とも通じるかも知れないが、それだけではない。自分の成すべき事をきちんときちんとしていくことは正に「自利」の行であるが、そのことがそのまま他を利することでなければならないということである。自分の身を犠牲にして人を助けると言うことを菩薩の所行だと称讃することがある。この時にも、しかし菩薩は犠牲を払うだけではいけないと思う。菩薩の自利と利他も「同事」でなければならない。

「人間としてあるべき事を学んで、それを行い、それを行うことが、世のため人のためになる」というのが、我が建学の精神であると思う。

〔2011.2.18〕

私の仏教 —— 己こそ己のよるべ

法句経の中に、「己こそ、己のよるべ、己おきてたれによるべぞ　よく整えし己にこそ　まこと得難き　よるべをぞ得ん」という詩がある。

「修行」というと難しいことのように聞こえる。難しいことかも知れないが、難しくないことかも知れない。私は、この「私の仏教」という今まで幾つかの短文を書いてきた。読む人によっては、何でこれが仏教?といぶかしがられるような内容が幾つもあると思う。それは、仏教というものを何か特別なものと思っている方々なのだろう。私は、そのどこかにもう書いたが、「人が、人らしく生きること」こそが仏道だと思っているし、そうするための教えが仏教である。但し一言だけ注釈を付ければ、「まともな人」としてでなければいけないということである。今引用した法句経の「よく整えし己」でなければならない。

考えてみれば、己を整えるということはひょっとすると大変な難事かも知れない。よく、「心の師となるも心を師とすることなかれ」と言われる。天然自然の「心」は何とも言えぬ野放図なところがある。子供を見ていれば分かるだろう。何も悪気があるわけではない。心の赴くままに行動するだけである。大人から見れば、してはいけない事ばかりである。既に整えられた心から見るとそうなのである。段々に子供の生まれたままの心は整えられていかなければならないのである。整え損なった人のやることは、「まともな人」のやることではない。

こう考えている。こう考えると、仏のあり方に近づくことが修行であるし、それは易しいことでもあるし難しいことでもある。「よく整えられた己」は何よりもたよりになる。それ以外に依るべきものはないのである。師匠について修行することも、己を整えることである。仏の言葉に従うのも己を整えるためである。そして、整えられた己とは、人間としてまともな存在だということである。決して、人間離れをしたものになることではない。

〔2011.4.17〕

私の仏教 ―― 嘘言

仏教の五戒の中にも、十戒の中にも、「ウソを言うな」というような戒「不嘘言戒」というのはない。けれども、「不妄語戒」というのが十重禁戒の中にある。また、十悪の一つに真実に背いて巧みに飾り立てた言葉という意味の「綺語」というのがあり、それを戒める「不綺語戒」というのがある。さらに、十悪の中にはいわゆる二枚舌に当たる「両舌」というのがあり、「不両舌戒」というのもある。ウソを幾つもの面に分けて説き、これもこれもいけないというのである。それほど、ウソというのは人間世界には付き物で、厄介で困ったことなのである。

尤も、仏の教えの中にも「うそも方便」ということに通じるような言説もある。しかし、それは、根本的に、相手を善導するためのもので、相手を騙したり、陥れたりするものではない。

長年、教師という立場で学生・生徒に対してきた。もうそろそろ五十年というのに、まだまだ私に心を開いてくれない学生が居た。全く、私の不徳だ。私に面と向かっては何も言わない。しかし、こういった、「僕と先生は波長が合わない」と。

私は其れまでに、なんどもなんども懇切丁寧にすべきことを指示した。しかし、一度として満足に答えた事がなかった。そのことに対して、彼は、自分のレポートを受け取ってくれない。依怙贔屓をしているのだという。私の学生に対する態度の中で、この「依怙贔屓」ということほど遠いことはないと思う。今までそういうことを言われたことは一度もなかったから驚いた。人を介して聞いたことであるが、彼の言い分は悉く事実に異なる。私の前でもそういえるのだろうか。不愉快な目に遭いたくないから、そうすることを要求はしなかった。しかし、その学生からはそうだったとすれば、やはり私も反省しなければと思う。

そう思いはするものの、考えてみれば、世の中、全ての人が賛成するというようなことはない。どんな人も好き嫌いがある。それが多いか少ないかである。縁無き衆生は度し難しである。残念ながら、私は医者ではないから、彼が病気の所為でそう言っているのならお手上げである。

ウソをウソとも思わず平気で言う人、こういう人達に一体どう対処したらいいのだろうか。これからの私の長くもない人生でそれを避けることは勿論出来る。しかし、一方でそういう人達にも何とか手をさしのべる方法はないものかとも思う。

〔2011.6.2〕

私の仏教 ―― 物の言い方

新設された復興対策大臣を任命されて僅か九日で辞任した松本龍さん、テレビで発言を聞いた。中学校か、高等学校の先生が、腕白連中に物を言っているような感じ、内容は成るほどということと、如何にもお役所的な言葉と両様だ。特別間違ったことを言っているわけではない。宮城県知事が自分より1分遅れて会談場に現れたことを衆人環視の中で、言わば居丈高に叱責していた。分かるけれども、ああみんなの前でぞんざいな口調で言うことだろうか。相手は、一人前の大人である。

「丸い卵も切りようで四角、物も言い様で角が立つ」という諺を子供の時によく聞かされたものだ。そんなことをまざまざと見せつける一連の成り行きだった。

「知恵を出さない者は助けない」というのは、福沢諭吉の「天は自ら助くる者を助く」というのと似ているが、ちょっと違うようにも思う。確かに、何か予算請求する際には、「コレコレ斯うしますから、コレコレの予算を付けて下さい」式の申請をする。我々の領域で言えば、科研の申請がそれである。何事も申請があってそれに答えるという形を取ることが好きなようである。政府或いは行政が、何か計画を立てて実行しようとする場合にも、中々、自ら発案してこうするとは言わない。末端の方で計画を立てて、それを認可するような形を取るのが好きだ。政府行政の責任逃れだ。失敗しても、お前達がそうすると言ったではないか、と言い逃れが出来る仕組みだ。尤も、それには、利点もあるから、一概にこのやり方を否定することは出来ない。

だから、松本さんの言ったのも、ごく常識的なことだったのであろう。しかし、如何にも言い方が悪かった。大臣という人種はいつもあんな物言いをするのだろうか。単に、彼だけの癖なのだろうか。彼の国会の答弁は聞いた覚えがないので分からないが、他の大臣達は至って丁寧だ。あんな質問によくあんなに丁寧に、と思うことすら有る。

かつての国会答弁で、こんなのがあった。その様子までありありと思い出せる。長々とした質問に対して、わざわざ席を立って答弁するのに、たった一言「さよう」と言って席に帰った。「さようです」とも言わなかったように思う。

大臣に限ったことではないが、同じ内容のことを言うにも、その言い方一つで丸で受け取る方の印象が異なることは稀ではない。物の言い方にはよくよく気をつけなければならない。言うことの内容よりも、言い方に人格が現れるのだろう。

〔2011.7.7〕

私の仏教 ―― 打てば響く

「応答せよ!、応答せよ!!」、そう言われて応答しないのは、もうできる状態にないということだ。万事休したということだ。

こういった緊急の場合でなくても、呼ばれたら返事するのが常識だ。西遊記の中で返事をしたためにひょうたんに吸い込まれてしまったなどということもあるが、普通は応答するのが当然である。これは、時と場所を選ぶことではない。しかし、最近では(もう随分前から最近と言っているから、本当の最近ではないが)、まともな返事の出来ない人が多いように思う。銀行や郵便局、病院、区役所等で、呼ばれて返事をする人はごくごく少数である。まるで、返事して損をした事があるみたいである。

他にも、返事を求められることが色々ある。返事をしない人が多いのであろう、「返答がない場合は、……と見なします」式の断り書きをよく見る。逆に、一々ご返信は必要有りませんと断ってあるのもある。ひょっとすると返信を待っても無いから、いっそ必要ないと待つイライラを解消するかのようである。

電子メールでも同じ事、これなど、手紙に比べ余程簡便である。にもかかわらず、相変わらず返事をしない人は同じ事だ。

私自身は、手紙だろうとメールだろうと殆ど全てに返事をする。これは当然のことだと思う。だから、学生にはこう言っている「私は、貰ったメールには必ず返事をする。だから、私から返事がなかったら、それは着いていないのだと思って欲しい」と。尤も、メールの中には、全然関係のないものや、広告のメールなどがあるが、それは無視する。手紙も、直ぐ返事はできなくても、必ず返事をすることにしている。逆に、こちらから発信しても、返事のない人には以後こちらから手紙を出すことはしないことにしている。そのようにして今や一切付き合いを断ってしまった方も多くはないけれども何人か居る。不思議に思うことであるが、同じ勤め先にいた人達にそういう人が偏って居るということである。そういう風土があるのだろうか。或いは生まれつきそういう人達が集まるのだろうか。

人の呼び掛けに返事をするということは、人間として基本的な事ではないだろうか。打てば響くというのは、正に自然であり、有るべき姿である。打っても響かないのはもぬけの殻か。

ただ、不思議に思うことがある。我々坊さん仲間でのこと。何か来てもらいたいことがあって通知する。それには返事をしないのが普通で、返事をしない場合は、承知したということを意味するようである。都合の悪い人だけが、その通知をするという習慣がある。省エネでいいし、そういう信頼関係がきちんとあるからかも知れない。とは思うが、私には何となく不安がある。私が、人間不信なのだろうか。

〔2011.8.27〕

私の仏教 ―― 香

十月初め頃、えも言われぬ芳香が、そこかしこから漂ってきて、私共を仄かに穏やかで幸福な気持ちにさせてくれる。ラジオ番組で、何処の方のたよりだったか、その地方には金木犀という木がないので、皆さんが、いい香りだといっているのがどういう匂いだか分からない。羨ましいということを聞いた。それだけでもこの香りのあるところに住んでいる幸せを感じる。

五月待つ花橘の香をかげば昔の人の袖の香ぞする

という有名な歌がある。ものの香はそこはかとなく、過去の記憶を思い起こさせる。これは、何だったかな、と思い迷うことが大半だが、この木犀の香りは、私に十月のきたことを知らせてくれる。尤も、そういうことを言ったら、こんな事を言われたのを今も覚えている。「あれは、今はいい匂いとは言わないのですよ。トイレの消臭剤なんです」と。確かにそういうのがある。しかし、その化学香料と自然のとは全然違う。その違いが分からない人だったと、気の毒に思う。

道元禅師は梅がお好きだった。春になると梅が咲くと、我々は思う。しかし、梅の花が開いて、春を呼ぶのだと仰有る。そう考えれば、香りではないが、桜が咲いて、初めて春爛漫、蟬が鳴いて夏本番、ツクツクボーシが鳴き、赤とんぼが里に飛んで秋が到来する。今は、もうそういうことがなくなってしまったが、北に帰る雁に行く春を惜しみ、帰ってきた雁の鳴き声に秋の暮れを思ったものだ。どんな香りが今年の正月を教えてくれるのか、楽しみである。

〔2011.11.5〕

私の仏教――におい

これを「臭い」と書くと、どうも悪臭という感じになってしまう。「匂い」ならよかろうが、平仮名のままにしておいた。

仏教では、色・声・香・味・触と法を六境といい、我々の知覚、六識（眼識・耳識・鼻識・舌識・身識・意識）の対象である。これを知覚するのが、六根（眼・耳・鼻・舌・身・意）という感官である。

以前「味」について感じたことを書いた。先月は「香」についてちょっと書いた。今、「臭」というと悪臭のような気がすると言ったが、「香」というと、どうしても香料やお香の快い匂いをイメージする。しかし、六境の「香」は良い匂いには限らない。しかしいい匂いは心を静めてくれる。そんな、いい匂い、秋《たけ》蘭《なわ》のころ、どこからともなく仄かに薫ってくる木犀の香りがある。この寒い折には、水仙の透き通った香りに、目が覚まされる思いをすることがある。フリージアの匂いもそれによく似ている。梅雨時のクチナシの花の香りもうっとうしさを吹き払う。

このように、いい匂いは人の気持ちを和ませる。木が沢山生えている所の空気は人をすがすがしい気持ちにさせる。最近はやりのアロマテラピーというのは人工的なこれなのだろう。衣食が足ると今度は嗅覚を満足させることが要求されてくる。

一方、木犀と同じ頃、こちらは余り好みでないにおい、これは一ヶ月くらい続く。銀杏《いちょう》の実のギンナンがあちこちで踏みつぶされている。その発するにおい、道路に落ちたのを拾っている人、車に気をつけて欲しい。それと、私は小学生の頃、このギンナンでかぶれて酷い目にあった。アレルギーのない人はいいけれども、どうか気をつけていただきたいと思う。

最近、我が住まいの近所には食べ物屋さんが一杯できた。以前事務所だったところも、倉庫だったところも、しもた屋も改装して一杯飲み屋や食堂になった。近辺に大きなオフィスビルが出来た所為だろう。それはいいのだが、夜のうるささと、焼き鳥などの煙を道路に向けて吐きだしている店にはまいる。実にクサイ。冬はまだいいが、夏は堪らない。こんな煙を道路に向けて吐きだしていい物なのだろうか。既に許可されて商売を始めた物は、近所の住人が幾らその筋に訴えても何とも成らないみたいだ。健康被害こそ出ていないが、そういうことにならない限り、住民は我慢しなければならないのだろうか。

〔2010.10.30　2011.12.28 改〕

私の仏教 ―― 信

「信というはまかすとよむなり」という標語を見た。なるほどと合点がいった。何か出典があるものかも知れないが、俄には知れない。

「信」を「まかす」と読むのは余り一般的ではないが、古辞書『類聚名義抄』や『伊呂波字類抄』にはマカスの訓があるし、『大漢和辞典』にも「まかせる」とある。しかし、小さな漢和辞典等には、「まこと・つかい・しるし・たより」といった訓しかない。信字を「まかす」と訓むのはポピュラーではない。しかし、素晴らしい読み方だ。私も、今度調べるまでは「信」をマカスと読むとは知らなかった。

何か事を人に頼んでやってもらう場合を考えてみよう。信用できる人に頼んだら、完全に「まかせる」事が出来る。又逆に、頼んだら、完全に任せなければならない。頼んでおいて、ああだのこうだのと言われては、頼まれた方はたまったものではない。「まかす」には「信」が必要なのだ。信が有れば、まかせられるのである。神様を信じ、仏様を信じる、というのは神様仏様に自分の全てを任せることだ。

私は去年から一寸説明しにくいが、あるところで、個人的に指導を受けながら体を動かすことをしている。ところが、その先生が大腸に関わる手術を受けなければならないというので、代役を立てられた。今、私はその代役の方の指導を受けている。その先生は、無事手術を終え、退院されてから、時折そこに顔を出しておられる。私が、前に教えてもらっていたのと、今、代役の先生が教えて下さることは相当違う。しかし、前の先生は、見ているだけで何も仰有らない。「まかせ」てしまっているからだと思う。中々出来ないことと思うが、こうでなければ、まかされた方もやりにくい。「まかせる」というのはこういう事だと思う。

選挙で、私共は政治家を選ぶ。政治家は選挙で国民の「信」を問うという。国民の「信」は必ずしも一方には寄せられない。色々な人、色々な政党に「信」を託す。大統領を選ぶなら、一人、当選した人は、国民の「信」を得たわけで、政治を任されるわけだ。ただ、100%の「信」ではない。国民は、誰に政治を任せるべきか、誰に「信」を託せるのか、よくよく見きわめ、間違わないようにしなければならない。最近のように、政治家に、任せられないのは国民的な不幸だと思う。

「まかす」ためには信じなければならない。

信じるのは理屈ではない。だから、学術論文などで、「私は、……と信じる」とやられてはこれはこれで困る。あくまで、理路整然と理屈で納得できなければならない。「信」も時と場合による。

〔2012.1.24〕

私の仏教 ── 雪

雪国、北国では、背丈を超す雪、それを両側にかき分け、雪の壁の間を通る。窓まですっぽり雪に覆われ、家の中は真っ暗。そういう雪国の風景をテレビで見る。雪景色は見ている分には美しい。しかし、その中での生活となると難儀この上ない。

雪下ろしも大変な重労働、一寸降った雪を掻き寄せるだけでも汗ぐっしょりになる。雪下ろし中の事故で亡くなったり、怪我をしたりする人が、後を絶たない。お年寄りが、屋根から落ちたとか、雪に埋もれたと聞くと、他人事とは思えない。大変だなと胸が痛む。そんな雪下ろしをしなくてもいいような住宅が出来ないものか。

雪国でない我々の地方では、数センチの積雪すら大ごとだ。子供の頃は、一冬に数十センチの雪も二、三回はあったと記憶している。最近、雪の積もることは以前に比べて少なくなった。一月初めに、名古屋にこの冬二回目の積雪があった。この日、朝起きたときには未だうっすら降っていたばかりだったので、自転車でも大丈夫だなと思っていたが、丁度通勤時間にみるみる降り積もった。諦めて、電車バスで通勤した。大変な時間を要した。

雪は、後が大変。雪になれない我々には、歩くのも難儀だ。道も、雪が踏み固められて溶けないところがあるかと思えば、綺麗に溶けて何の支障もなく通れるところとがある。日の当たるところと当たらないところという違いもあるが、それだけではない。拙宅の近くでも、同じようなことがある。その道路に面した所の人達の心遣いで相当違う。事務所があって、人も沢山いるのに雪かきなど全く放置してあるところは、後々まで通るのが大変。何はともあれ、雪かきしてから仕事に掛かる事務所、その近辺は、直ぐにすっかり綺麗になる。その違いは、雪かきにある。互いに近いところだから際だつ。雪かきしてあるところはあとが綺麗、そうでないところとのコントラストは見事だ。正に、人の心を写している。

マンションの住人達は、殆ど雪かきなど念頭にはなかろう、無理もないことだ。だから、通りに沿って高層マンションのある辺り、管理人が気をきかして雪かきしてくれればいいのだが、そこまで手が回らないところは、中々溶けない。逆に、綺麗に雪かきがきちんとしてあるところを通るときには、住人の心ばえまで奥ゆかしく感じられる。雪景色にも、人々の心が偲ばれる。

雪の明くる日、坂道で日陰になっているところが、つるつるに凍っていた。学校帰りの子供達が滑ったり転んだりしてふざけながら遊んでいた。「遊びをせんとや生まれけん戯れせんとや生まれけん」と言った後白河上皇の『梁塵秘抄』の歌謡が思い浮かぶ。

〔2012.2.8〕

私の仏教 ―― 修行

永平寺から発行されている『傘松』誌上に、時折、高校生達の参禅の感想文が掲載される。いずれ、選りすぐりの文章が載っているのだろう。読んでいて、すがすがしい気分、初々しさが味わえる。ただ、仕方がないことだが、指導者が添削したり、アドバイスをしたりしたらどうかなぁと思うところがないわけではない。それに触発されて、「修行」ということについて、思うところを書いてみようと思う（ひょっとして批判がましく聞こえるかも知れないが、決して批判する為に言うのではない。それを機に、私に考えさせてくれたので、感謝の気持ちで書く）。

「永平寺での修行は、とっても、とっても辛かったです」「まだ、外が真っ暗闇の中、坐禅を組みました」「修行が終わった今、永平寺で学んだことを胸にこれからも日一日を大切に精一杯いきたいと思います」と感激の様子が伝わってくる。

今引いた文、最初の文には、特別問題はないと思う。一日の参禅研修を「修行」と言っていることは、この筆者にとって正直な言葉遣いなのだと思う。この筆者にとって、「修行」は日常生活とは違う次元の何か特別な出来事だということがうかがい知られる。二番目の引用の「坐禅を組む」という表現、私は既にどこかに、「困った表現、気に入らぬ表現」として言及したことがある。足を組んで坐禅をするのであるが、その足を組むことを短絡的に坐禅を組むと表現しているのである。この感想文に限ったことではない。「坐禅」は決して組むものではない。足を結跏又は半跏の形に組んですわることが「坐禅」なのである。よく見る表現だが、いつも違和感をぬぐい去れない。

三番目の「修行が終わった今」というところ、最初に言ったとおり、この文の筆者は「修行」は特別のことで始めがあって終わりがあると思っているということがはっきりする。

この感想自体は、これはこれで仕方がないことだろう。こういう文章を元に生き方ということについて話し合う機会が有ればいいなと思う。

人生は一生が修行である、と言われる。まだ、何も分からぬ乳幼児は別だが、物心がついてからは、死ぬまでが言わば「修行」なのだ。決して、修行は特別のことではない。我々の行住坐臥、着衣喫飯、痾《あ》屎《し》送尿《そうにょう》、日常生活すべてが仏行であり修行にあらざる事はないのである。

こんな事を言うとまたまた難しいことを持ちだして、などと言われかねないが、私は本当にそうだと思っている。修行道場では一挙手一投足がいわゆる修行そのものとみられるから、息つく暇もないように思う。人間、緊張のしっ放しというわけにもいかないから、多少それが緩められる時もある。いわゆる四九日の「放参」だ。

しかし、以前にも書いたことがあるが、人間としてあるべき事を成していくこと、すべきことでないことをしないことが「修行」そのものである。だから、「修行」は終わらない。外から規制されることではなく、自身のことであるから、難しいことでもあり、易しいことでもある。

〔2012.2.8〕

私の仏教 ―― 苦は財産

曹洞宗青年会が出しているパンフレットの記事の中に、昨年の東日本大震災以来の種々の体験から、導き出された一つの提言である。

大震災は多くの人々に口で言い表せないほどの種々の苦悩をもたらした。その苦をいかに処理したか、あるいは処理しきれず負けてしまいそうになり、人に助けて貰ったか。ボランティアとして多くの方々が被災者の中に入り、肉体的労働、必要な物の提供などに混じり、被災者の声を聞き、被災者の叫びを聞く、いわゆる「傾聴」ということに心がけている人達も沢山いる。「苦は財産」というのは、こういう活動をなさった方からの言葉である。「苦」のない人は居ないと思うが、それを「財産としての苦」としてどう生かすか、それは個人個人に委ねるほかない。

このところ、定期的にマッサージを頼んでいる。指圧して貰うととても痛いのだが、それが却って気持ちがいいところがある。それを「痛《いた》気持ちいい」という風に表現する。一般的な表現ではないかも知れないが、この地方では割合よく聞く。それについて、マッサージ師は、「それが分からない」という。痛いのが何で気持ちいいのか分からないという。未だ若いから無理もない。これはこれで問題ないが、歯医者さんとか、外科医などには、是非自ら痛みを経験して欲しいと思う。そういう人達にとって、人の痛みを知るために是非とも必要な財産だと思う。教員にしても、中々理解できない学生・生徒の分からなさを理解しなければならない。自分が分かっているから、相手も分かるだろうなどと思っては勤まらない。何も、自分が分からなく成らなければならないわけではないが、分からない者達の身になってやることは必要である。尤も、限度があるけれども。

癌の経験者が、癌患者にいろいろアドバイスをするという、ピアサポーターという制度の話を聞いた。癌を患ったからこそ、癌患者の悩み苦しみが分かるという利点を生かした取り組みであるが、癌という苦しみを財産として生かしているのである。他の病気についても同様な仕組みがあってもいいと思う。

肉親の不幸を味わったことのない幸せな人も居るだろうが、肉親と別れるのは本当に辛いものである。もし、自分にそういう経験がない場合、無理矢理に肉親に死んで貰うわけにはいかないから、想像力を働かせて、相手を思う心が欲しいと思う。

相手の立場に立って、ということは色んな場合に言われることである。しかし、それは中々難しい。けれども、想像力を働かせ、相手を思いやる努力が求められる。それ故、苦を味わった者はそれが財産になるのである。決して、それに押しつぶされないようにしたいものである。

〔2012.4.13〕

私の仏教――言葉に出して言う

「言葉に出して言わなければならない」世界がある。

腹芸、阿吽の呼吸、魚心あれば水心、黙ってついてこい、悪いようにはしない、などと言うのは、多少胡散臭さを伴う。いずれも物事をはっきり言葉にして言わない、暗々裏に互いに了解して事を進めることに通じる。それで「腹の探り合い」などということも行われる。

政治の世界、とりわけ世界政治の外交では言葉の端々からそこに隠された裏の裏を読むのが常識だ。言葉に表された部分はわずかでも、それを分析する専門家が居る。

ただ、最近の世の中の風潮は、何でも説明責任アカウンタビリティが求められる。学問・研究・教育の分野においてもこういう事が強く要求されるようになってきている。その必要性は確かにある。きちんと説明できることはいいことである。何がどうなっているかが分かることはいいことだ。しかし、これを全面的にあらゆる事に当てはめられるか。

この頃の会計処理は、素人が見てもまるで分からない。説明を聞いてもすぐ分かるような代物ではない。それには、専用のソフトがあって、所要の数値を入力すればできあがるというのだ。これは専門家にはそれでいい。しかし、確定申告などは、素人がやるのだから、本当は素人にも分からなければばいけない。以前は何とか自分で計算できた。と言うことは、その内容は分かっているのである。しかし、最近では、要求された数値を入れるだけ、それでできあがり、何も途中は分からない。分からなくてもいいという。しかし、それでは本当はいけないのではないか。

コンピュータが介在すると途中が分からなくなることが多い。分かる人にだけ分かればいいのだろうか。本当は、誰にでも、一定の素養さえあれば分からなければいけないと思う。ブラックボックスの中で何が起こっているか、不安になる。

本題と少しずれた。何でも「言葉に出して言わなければならない」とすれば、実は困ったことが沢山起こる。曰く言い難いことはいくらでもある。文化系の学問についても、この頃の一般的風潮として常にその目的だけでなく効果ということまで明らかにすることが求められる。しかし、第一、すぐに効果の出るようなことばかりでない。と言うより、効果などはかることがほとんど不可能なことの方が多い。こういうところでも、それを言葉に出して言うことが要求される。

長らく、日本はほとんど単一文化だった（アイヌ人・アイヌ文化も厳としてあるけれども）。しかし、今や、世界中の人々の交流、文化交流は世の趨勢である。いろいろの文化が寄り集まって出来たアメリカようなところでは、それは自然のことであろう。そこでは、互いが理解し合うために、どうしても言葉に出して言うことが求められる。ここでは、相手の気持ちを忖度して理解したつもりでいるととんでもないことも起こりかねない。それ故、「言葉に出して言う」ことが求められるのであるが、やはり、これをあらゆるところにというとなかなか難しいことになる。固有の古い文化を持ったところではこれは寧ろ新たな試みである。
要するに、ここにも他を思いやる心というものが要求されているのである。
〔2006.2.26　2012.5.31〕

私の仏教 ―― 未完成

何か事を完成させるということはなかなか大変なことです。一寸したことでもそうです。家を建てようとすれば、次から次に色々なことが起きてきます。これでいいと思える状態には中々成りません。一寸、大袈裟すぎるかも知れませんが、永久に仕事が終わらないのではないかと思うようなことさえあります。自分の寺の普請ですら、床の間を作るのに、朝の状態と、大工の帰った後の状態、一体何をやったのかと思ったこともありました。天井をはるにも、よくもあれだけ時間を掛けるものだと思いました。その実、板をいじくり回したのでしょう、後になって、手のひらの脂が模様となって現れたのを見ました。こんなのは、大したことではありません。

西洋の大きな教会など何百年もかかって建てられたということを聞きますし、辞書にしても百年以上もかかってようやく一旦完成したというような話も聞きます。

こんな事を聞けば、出来た途端又どこかが悪くなっていたり、辞書にしても記述に不具合が出てくるのではと思ってしまいます。完成することはないのだと思います。

日光の東照宮の陽明門には、わざと未完成を示す逆さ柱とかいうものがあるそうです。そこだけ他と違った模様で、そこは失敗でこれからやり直しをしなければということなのかも知れません。未完成の象徴だと言います。完成の瞬間から直ちに崩壊に向かって突き進む、出来た途端に古くなるということを思ってのことと言います。

　東京大学は創立以来ただの一日も建設の槌音の消えた日がないということを聞いた事があります。ちょっと大袈裟なような気もします。戦争中など、どうだったのでしょうか。東京大学と言わず、勤めていた名古屋大学でも、本当に何かを作ったり壊したりしていない時がなかったように思います。今勤めている 愛知学院大学でもいつも何かやっています。常に新しさと完全性を追究している姿を象徴している言えばいいのかも知れません。

　町の姿も同じです。名古屋は大半が平坦ですから、全体を見渡すことはなかなか難しいのですが、郊外に通じる橋の上から市外を見るといつもクレーンがいくつも見えます。そこら中が工事中。交通には障碍になりますが、これも常に新陳代謝している姿なのでしょう。そう思えば腹も立ちません。いつぞや、名古屋名物「ほりおこし」と聞きました。本当にそういう「おこし」が有るのかと真顔で聞くひとが居てびっくりしました。東京の「雷おこし」、大阪の「粟おこし」に引っかけて、いつも、道が掘り起こされていることをもじった有名な言葉なのですが、わざわざこんな解説がいるのでしょうか。

　外国に行っても同じ事でした。どこに行っても工事中、人間が生きて活動している内はいつも未完成で工事中なのです。これで完成と言うときは一巻のお終いということなのでしょう。本でも出版された途端にあそこもここも直したくなります。もうこれでいいというときはこの世をさらばするときのように思います。
未完成は人生そのもののように思います。

〔2012.5.31〕

私の仏教 —— 声

六境のうち、目に見える情報である「色」とともに、耳からの情報、つまり、「声」という情報は、我々に実に多くのことを伝えてくれる。目が不自由な人は、「声」による情報や触覚に依る情報に誠に敏感である。

今、電子技術の進歩により、遠隔地からの視覚的映像も比較的容易に得られるようになった。以前は、遠くの人の声が電話を通じて聞こえることすら驚異であった。「声」は保存も容易ではなかった。百年前の音声は、かろうじて、エジソン発明の蝋管レコードによって保存されている。写真も江戸時代末期くらいが関の山、徳川十五代将軍慶喜は写真に凝っていたと聞いた。写真はなくても絵があったので、視覚情報は声よりは良く保存されていたと言える。声の保存は難しかったが、文字がかなりの部分を保存してきている。専門家によると、それによって、古代の人の声すら再現できるらしい。

話は変わるが、現代社会の町の中は騒音に充ち満ちている。自動車など交通機関の発する騒音は代表である。ただ、電気自動車のように騒音が少ないと今の人達には却って危険らしいから、静かなことばかりがいいのではない。ただ、もう少し静かにならないものかと思う。鉄道の騒音は、近辺の人にとっては苦痛だろう。新幹線騒音も今は騒がれなくなった。確かに静かになった。

工事の騒音は、以前、鉄筋コンクリートの建物を造るのに、杭を打ち込んでいたが、最近それはなくなった。しかし、総じてビルを造ったり壊したりする騒音は大変なものだ。これも昼間のうちは我慢できる。夜間、世の中全体が静かになったときには困る。

つい先頃のことである。私は、雨がぽつりとでも降ればすぐ分かるくらいのアルミ屋根の部屋に寝ている。凄い雨音を聞きながら、それでも割合平気で寝ていた。ところが夜中、人の声によって寝られなくなった。大きなクレーンを持ち込んで、道路をふさいで、なにやら大きな物をビルの屋上につり上げていた。それだけなら特にどうと言うことはないが、それを監督している人の声だろう、やたら響く。車などの騒音なら、慣れているのか、目を覚ますことはないが、これには恐れ入った。この近辺に殆ど人は生息していないので、何の気遣い無しに大声を出していたのだろう。

真っ昼間でも大変迷惑なのは、相変わらずの右翼の街宣車だ。この頃は、自分たちを「我々は右翼の何々だと」名乗っている。ゆっくり聞いていたことはないから、内容はよく分からないが、彼らを取り締まる法律が施行されるのを市民に対する弾圧だといったことを盛んに言っている。ここ数ヶ月続いている。こんなのに出くわすと、声の暴力だと思う。警察も取り締まらないようだ。

街を自転車で走っていると、単車が大きなエンジン音だけでなく、大きな歌声を響かせるのが居る。自動車でも、車全体が揺れるほどの騒音を立てるのが居る。それを運転している人は平気なのだろうか。

町中《なか》も、一本通りを隔てると、山の中にいるかのような静けさ、通りに面した家でも、一部屋中にはいると、もう騒音はかなり少ない。そういうところにいると、町の中にいることすら忘れるくらいだ。静かなのは、一向気にならない。声にも気になるのとならないのとがある。

〔2012.7.3〕

私の仏教 ―― 変色

洗濯物を干そうと思って、思わずぎょっとしたというと大げさだが、何とも言えぬブルーな気持ちになった。全体が、薄ボンヤリとした黄色っぽい色になってしまっている。白い生地に黒で鮮やかな模様のあるバスタオルも随分時代がかった汚らしい色になってしまっている。白いタオルは全部そうである。かろうじて黒いTシャツだけはダメージはなかったが、黄色っぽい色のシャツや、タオルも全体が薄汚れた感じ、干していても、何かボロ切れを洗濯して干しているような変な気分だった。

原因はクリーニング代を節約して、一緒に洗った、多分草木染めであろうと思うが、黄色成分のある上着であろう。それ自体は、なんと言うこともないが、他は殆どが駄目になってしまった。

たかが、一寸した変色だが、不思議なもので、もう、件《くだん》のバスタオルは使う気になれない。下に敷く物にしてしまった、他の変色タオルも雑巾にしたりして、元の用途には使う気になれなかった。

写真のプリントもこの頃は自分のパソコンで出来るようになったが、未だ初心の私などは色の加減は出来ない。ほんの少し青みが強かったり、赤みが強かったりすると全体の基調が変になってしまう。ほんの一寸した、配色の違いと言っては済まされない。意外に色には我々の神経を強く刺激するところがある。暖色と寒色などはいい例だ。食事の時に紫がかった色の照明では食欲を無くす。会議が暖かな色の照明下では延々と続くという。

光の色と強さは我々の生活の隅々まで支配している。色が世界を支配しているというと言い過ぎかも知れないが、或る意味で物の本質を表していることがあるのは事実だ。顔色を見ると、その人のことが分かるのはそのためだろう。

〔2012.7.19〕

私の仏教 ―― くどい

天候に文句を言っても仕方がないことは重々心得ている。それにもかかわらず、最近の天気模様については、どうも今までの常識が通じにくくなって、毎年、異常気象だと言っているように思う。その様子を一言で言うと、私は「くどい」と言いたいように思う。もう一言付け加えるとすれば、「突然」ということもある。

私自身の好みで言えば、夏は決して嫌いでない。夏の暑さは寧ろ好ましい。しかし、近年の暑さには辟易するところがある。38度を超えるような猛暑が気に入らないのではない。それだって長い夏の中に一回や二回あってもいいだろう。熱帯夜だってやはり夏の思い出である。

ところが、この頃の夏、今年は、猛暑ではないでしょうなどと言う長期予報もものかは、日本全国どこでも猛暑。信州松本や飛騨の高山などは、昼は暑くても夜は涼しいと言われていた。クーラーなど備えてない家庭もかなりあると聞いたことがある。松本に住む人に会ったが、夜も暑くて困ったと言っていた。高山に帰郷していた人もまるで涼しくなかったと言っていたので、同じなのだろう。北海道とて例外ではなくなった。米の品質が悪くなって、一等米が少なくなったのも夜の暑さの所為だという。それも、余りにくどく続いた所為だろう。八月が暑いのは仕方ないとして、九月になっても相変わらずの猛暑日が続き、38度を超えるような日さえ有る。気象庁は、そういう猛暑、真夏日の記録など並べ立てるが、大抵は、観測史上第1位というのが目白押し。一昨年も、去年も、又今年も、彼岸になって漸くおさまった。一昨年は、秋分の日を境にして一気に気温急降下、驚いたものだ。昔からの言い伝え「暑さ寒さも彼岸まで」を地で行ったように思ったが、秋らしい日はくどく続くということはなかったように思う。これは続いても「くどい」とは言わないのに。

暑さだけでなく、雨も相当くどい。台風の長期滞在などまっぴらだ。沖縄は慣れているとはいえ、一週間、舟が出なくては困るところも大ありだと、同情する。

昨年の大震災以来、一々報道はされてはいないが、テレビの字幕などを見ていると、殆どのべつ幕無しに、普通だったら大騒ぎになるような地震、これも誠にしちくどい。

くどいと言えば、繰り返される中国での反日デモ、二年前は何だったか忘れたが、此ものべつ幕無し。中国人民の政府に対する不満のガス抜きのために定期的に反日感情を操っているように思えてならない。ただ、今年二〇一二年の騒動は、東京都知事石原慎太郎氏がパンドラの箱を開けたせいだ。困ったお人だ。何も出来ず、騒ぎを聞かされる我々にとっては些かくどすぎるとしか思えない。

〔2010.10.29　2012.9.21〕

私の仏教 ―― 時

今年もあと残すところ僅か、人と話していると、まだ、この前正月だったと思ったのにねぇ、年取ると本当に時間が経つのが早い、ということを仰有る方が居る。

私より二回りも若い方、忙しそうにしていらっしゃる。今年もあと二月ですね、と話していたら、「この頃時の経つのが本当に早い、なのに、一日は非常に長く感じられる」と言われる。これもごくごく普通に聞くことだ。

子供の頃のことを思い出すと、時間の流れはとてつもなくのんびりしていたように思う。一日も長いし、夏休みなど永久に続くかと思われるほどだった。日がな一日セミ取り、虫取り、トンボ釣りに興じて疲れ果てたり、午後は近所の海で半日泳ぎ、夕飯時には起きておれなかったというようなことばかり覚えている。随分沢山の思い出があり、とても、長期間だったように思うのだが、一体どのくらいそうやって遊んだのだろう。ふり返ってみれば、それは、精々小学校の二、三年生から五年生までのことなのだ。その後の年月に比べれば誠に僅かな期間だ。

私自身、大学を卒業し、大学院を出て、就職し、既に45年を経過したが、未だ、つい最近大学を卒業したような気分がある。確かに、ふり返れば実に色々なことがあった。伊勢湾台風、安保騒動、公害裁判、月へのアポロ宇宙船の着陸、スペースシャトルによる日本人宇宙飛行士の活躍、日本人の何人ものノーベル賞受賞、新潟地震、宮城沖地震、中越地震、阪神大震災、東日本大震災、それに伴う原発事故、アラブの春、幾たびもの中東戦争、ソ連の崩壊、中国での大地震、その経済発展と人口爆発、等々…、一寸思い出すだけでも随分種々様々な事件、事故、戦争、災害。その間、日本では、戦争だけはなかったことが不思議なくらいの幸いだ。

それなのに、そんなことは全部忘れて、時が無為に過ぎ去っているような気がするのは何故だろう。日数にしてみれば、一年365日、百年でもたったの（と言っていいかどうかは分からないが）36500日強、四万日生きる人は滅多にないのだ。時間は刻々と同じように経過するが、それを感じる我々人間は、種々様々の思いで生活している。待つ時間は長いし、急ぐ時の時間の早さ、もうこんな時間？とびっくりもする。

話が逸れてしまったが、書きたいのは、僅かな細切れ時間も大切に使わなければいけない、塵も積もれば山、ということだった。

今年は、このようにして済んでしまう。来年も又、同じ繰り返しなのだろうか。後悔の無いようにだけはしたい。

〔2012.10.21〕

私の仏教 ―― 全ては変わる

諸行無常《しょぎょうむじょう》　諸法無我《しょほうむが》　生滅滅已《しょうめつめつい》　是諸仏教《ぜしょぶつきょう》

仏教で説く真理である。正月は毎年毎年変わらずやってくる。地球の営みはいつも同じように流転している。変わらないように見えても、見ている自分が変わっている。変わらないと見える年の流転も時と共に確実に変化している。今では、時の移り変わりを正確に測る手段が工夫されている。それで、閏秒などというものが時々挿入される。生物的感覚では分からない時間だ。原子時計などという正確な時計によって知られる。疑い深い私などは、その時計だって本当に正確なのかどうか、と思う。

そんな、目に見えない、肌で感じられないような変化は、おくとしても、去年、あけましておめでとうと言ったときの風景と、今年のそれと同じか違うか。目に見えて違うときがある。最近はそれが甚だしい。目隠しされて連れてこられたら、一体どこなのか分からないくらいに変化している。町の変貌は、自然災害などが無くても激しい。まして、津波に攫われた後など、以前どうなっていたかさえ見当が付かない。そうでなくても、前にあった建物が撤去され、整地されてしまうと以前のことは全く思い出すことさえ出来なくなる。そこに、建物が出来れば尚更のことだ。こういう変化こそが世の有様そのものである。

人の心も変わる。数十年を経て変わらぬ人もある。暫く見ぬうちにすっかり変わってしまう人、全然変わらぬ人、様々だ。どちらも人の世の様であるが、遥か以前にあった人と時を隔ててあって、同じ気持ちである事を知ったときの嬉しさ、又、風貌も変わらぬ人にあったときの嬉しさ懐かしさ、そうではなくてすっかり変貌を遂げた人との再会で知る変化の有様、それを見たときの思い、これも世の中の有様である。

今年は世の中と自分がどんな変化を遂げるだろうか。楽しみでもあり、怖ろしくもある。

〔2012.9.21〕

私の仏教 ―― 心自閑

平成二十四年の十一月号の『書藝中道』巻頭に谷崎潤一郎の色紙「心自閑」が載っていた。谷崎晩年の書だ。文字通り、のびのびとした文字、彼の心境を表しているのだろう。

私は二〇一三年の春三月末で、四十五年間の大学での教員生活に完全にピリオドを打つことが出来る。小寺の住職でもあるので、それからは、その仕事と研究生活だけでよくなり、時間に迫られることは大分減ると思う。そう思っただけで、心弾む思いであると同時に気楽になり、この谷崎の心境に近づくことが出来たように思う。研究の関係では、これから幾ら長生きしても、片づけきれないほどの計画がある。それを心おきなく出来る。

何がそんなに嬉しいのか、楽しみなのか。人それぞれだろうから、人に聞いても仕方ない。同じ境遇の人があるかも知れないが、決して同じではなかろう。淋しいという人もいる。張り合いが無くなるという人もいる。色々なところに気兼ねなく遊びに行けるという人もいる。暇で困るという人、暇が出来て嬉しいという人、色々。そのどれとも共通するところがあるが、どれとも一致しない。

以前、大学で、学生が就職などということにとらわれずによく勉強していた頃は、一緒に研究生活を楽しむことが出来た。今やそれは古き良き時代のことで、この頃の大学は、色々なことを目標に掲げてはいるが、とどのつまりは就職第一、大学の受験生も、その志すところの就職率を見て志望を決めるという。大学という職場の環境は、そんな状況になった。ここに、私の居場所はない。そういうところから、定年ということで逃れられることは、もっけの幸いでなくて何であろう。未だ在職中の方々には申し訳なく思う。

こういうもろもろの事が全て集まって、私の今の心の状態を作っているのだろうと思う。あと、何回大学に行けばいいか、カレンダーに印を付けている。不思議なくらい心閑かなこの頃である。

〔2012.10.20〕

私の仏教 ―― 鳶居させじ

『徒然草』に後徳大寺の大臣の屋敷で、寝殿に縄を張って、鳶が来ないようにとしたことがあったとある。それを西行法師が見て、「鳶のゐたらんは、何かは苦しかるべき」と、後徳大寺の大臣の器量はこんなに狭いのかと見限って、以後出入りしなかったという。ところが、他の所でも同じようなことがあった。それは、池の魚を鳶が捕って食うのでそれが哀れで鳶が来ないようにしたのだった。後徳大寺にも何か理由があったのかも知れぬと、西行の早とちりを戒めた内容だったように記憶する。人のしたことの真意はなかなか分からないものである。

最近いつも思う。名古屋駅前の大きなビル。銀行が入っている。その敷地には成るのだが、歩道と繋がっている部分、そこに、パイロンを立て、綱ではないが、仕切りをして入れないようにしてある。わずか1メートルそこそこの巾であるが、混雑するときなどは、そこが通行できないと、かなり不便を感じる。その時、ふと、徒然草の後徳大寺の縄を思い出す。その、ビル管理者の考えるところは何か。以前、よく、自転車が放置されていた。その防止という意味があったのかも知れない。ただ、最近では放置自転車が厳しく取り締まられ、そこに自転車が放置されていることはない。ただ、人が通れなくなっているだけである。

それに、ビルはこのように公道同様に人々が自由に行き来できるところを確保することによって容積率などで恩恵を受けているはずであり、それを妨害するのは一種の約束違反ではないかと思うのだが、どうなのだろう。自転車が置かれるのが嫌なら、そうしないように、監視する人を配置すればいいのだ。人件費がかかるかも知れないが、今、失業する人が多いとき、少しでも、そういう人の働き口を用意することは大事なのではないだろうか。企業は人有っての物であって、人が企業のためにあるのではない。少しでも社会のためになることを考えるべきだと思う。

それとも、もっともっと我等如きが計り知れない深いわけがあるのだろうか。

〔2009.1.21〕

それから時移り、この名古屋駅前はビルの改築ラッシュ、件のビル、大変頑丈で立派な作りだが、10階建てというのが勿体ないというのだろうか、三、四年後の完成を目指し、今解体のための工事中、それはいいのだが、今まで、邪魔をして人を通さなかった以上に、工事のためにせり出して囲いを設置し、益々狭くしている。あんな意地悪をしたことを覚えているので、得手勝手な物だと思って通っている。ああいう意地悪はしない方がいいと思う。

〔2012.12.26〕

私の仏教 ――「修証義」の言語学①

我々が日常読誦する曹洞教会修証義（ふつう単に「修証義」と称する）は、道元禅師の正法眼蔵から適宜相応しい文句を選び出して、明治時代に編纂された物である。元々は大内青嵐居士が正法眼蔵から修証にふさわしい語句を選び取って編集した「洞上在家修証義」を、当時の永平寺貫首滝谷琢宗と総持寺貫首畔上楳仙が編集し直して、明治二十三年に公刊された。その編纂の経緯は岡田宜法「修証義編纂史」等に詳しい。

言語学徒である私は、その内容・意味もさることながら、その語句の言語的に興味ある部分にどうしても気を取られる。その幾つかの点について述べよう。

読み方について

気になる部分がいくつかある。必ずしも皆さんの読み方が一致していない。諸種の経本があるが、それらを見ると一様ではない部分がある。

①「冥助」　子供の頃の記憶だが、近所の和尚さん達が、「仏祖の冥助あるなり」（第2章）の「冥助」をいつも「めいじょ」と読んでいた。その時どう思ったかは覚えがないが、少し物心が付いてから変だなと思った。なぜそう思ったのかも覚えがない。我が師匠は「みょうじょ」と読んでいた。混乱し

たけれども、やはり、「みょうじょ」と読むべきだと、今にして思う。

幾つかの経本をみると、仮名遣いが色々だが明確に「めいじょ」とある物はない。「みやうじょ」とあるのもあるが、おおくは「みょうじょ」となっている。

②「形骸」イ「悲しむべき形骸なり」、ロ「尊ぶべき身命なり、貴ぶべき形骸なり」（第5章）。現在の経本は大抵は「けいがい」とある。何となく違和感があるが、皆さんそう読まれるので私も従っている。ちょっと古い本（曹洞宗在家勤行聖典　鴻盟社　大正13年初版、同14年第4版による。）には「ぎゃうがい」とある。今の読み方にすれば「ぎょうがい」ということになる。全部見たわけではないが新しい本にはこの読み方は見出せない。本当はどうなのだろう。

③「身命」前項の例文の中にある。ほかにも、イ「身命を正法のために抛捨せんことを」、ロ「身命は露よりももろし」（第5章）とある。今の本は大方「しんめい」であるが、私が使った古い本を見ると、前項の例文中のは「しんみゃう」とあり、他の二つは「しんめい」と区々である。区別する理由は分からない。大八木興文堂の「曹洞日課勤行集」（昭和10年初版、昭和52年重版）では、このイを「しんみゃう」とし②ロと③ロを「しんめい」としている。読み方に迷いがあったためかも知れない。

④これと関連して「生命」、「日々の生命を等閑にせず」（第5章）。大抵は「せいめい」、前項の大八木興文堂版も「せいめい」、鴻盟社版には「しゃうみゃう」である。今、大抵、「せいめい」と読んでしまっているが、これでいいのだろうか。（続く）

〔2012.12.26〕

私の仏教　――「修証義」の言語学②

前の号に続いて、読み方の問題を取り上げます（続き番号です）。

⑤「成就」イ「衆苦を解脱するのみに非ず、菩提を成就すべし」、ロ「この帰依仏法僧の功徳必ず感応道交するとき成就するなり」、ハ「阿耨多羅三藐三菩提を成就するなり」（第3章）。大八木版はイハは「じやうじゆう」ロは「じやうじゆ」、永田文昌堂版は全部「じょうじゅ」、永平寺版（百周年版）『曹洞宗在家勤行聖典』（昭和35年初版　曹洞宗宗務庁）は「じょうじゅう」、鴻盟社版は全部「じやうじう」。要するに全部「じょうじゅ」とするもの、全部「じょうじゅう」とするもの、両者の混じるものに分かれる。読誦にはどちらでも差し支えない。しかし、一拍食い違うことになる。「成就」は一般的には「じょうじゅ」と読む。両者の混ざっているのは説明が付かない。私は、師匠から、これは一般の読み方は「じょうじゅ」だけれどもここでは「じょうじゅう」と読み慣わしていると聞いた。皆さん方の読誦しているのを聞いていると、多く「じょうじゅう」と読んでいらっしゃるようだ。

⑥「軽受」「懺悔するが如きは重きを転じて軽受せしむ」（第2章）。鴻盟社版、永平寺版は「けいじゅ」、大八木版は「きやうじゆ」、永田版は「きょうじゅ」つまり、「軽」を「けい」と読むか「きょう」と読むかの違いである（拗音表記が「きやう」と「ゃ・ゅ・ょ」が大きいか小さいかは問題にしない）。

つまり、呉音で読むか漢音で読むかの違いであるが、必ずしも、経典だからと言って、呉音で読むとは限らないのが、実情である。

⑦「懺悔」第2章「懺悔滅罪」の章には、題名の他に、順番に、イ「懺悔するが如きは」、ロ「前仏に懺悔すべし」、ハ「前仏懺悔の功徳力」、ニ「一切我今皆懺悔」、ホ「是の如く懺悔すれば」と出てくる。永平寺版では全て「さんげ」と振り仮名がある。永田版は、題目の振り仮名は「ざんげ」と有るが、あとすべて、「さんげ」とある。鴻盟社版は、題名には振り仮名がないが、あと五箇所「さんげ」とある。大八木版は、題名を含めて全部「ざむげ」とある。この「む」は「ん」と同じと見ておいて差し支えなかろうが「ざ」は仏教の要語としては、不適切であると言わなければなるまい。この言葉の読み方は、キリスト教の「ザンゲ」とやはり区別しておく必要が特にあると思う。

⑧「生長」、「無礙の浄心精進を生長せしむるなり」（第2章）。大八木版「せいちやう」他は「しょうちょう」「しやうちやう」である。これも、「生」を呉音でショウと読むか、漢音でセイと読むかの違いである。

以上、前回から挙げた八個の読み方は、日常、経本を見る度に違和感を感じる例について、若干の例を掲げたのである。未だ、これに類するものもある。日常読誦するものである。きちんとした読み方を確定しておくべきものと思う。多数有る経本を全部集めてその比較をするには及ばない。何より、実際の読誦実態を調べた上、それで良ければ定本を作るべきであるし、正しくない読み方が成されているならば、正すべきものと思う。実際の経験に即して述べたが、実態調査の上、読み方は一定すべきものと考える。

〔2012.12.26〕

次に文法問題について少し考える。「連用中止」ということについて述べよう。

国文法で、「連用中止」という用法がある。国語学辞典や国語学研究辞典を見ても、こういう項目はないので、単に「中止形」というの見ると活用形の働きの説明の中に僅かに見られるものの、期待するような説明はない。

それで改めて言うと、活用語（動詞、形容詞、形容動詞、助動詞）の連用形で、一旦文を中止することである。例えば、「冬も深まり、雪が積もった」の「深まり」のような例である。「冬も深まって、雪が積もった」というのも、日本語教育の方では、「テ形」と称して、同様の扱いをする。この例では、表面的に見て同じように見える。そして、それを区別しなくても差し支えないのかも知れない。しかし、それは表面上のこと、「深まり」と「深まって」の文中で果たす役割は、かなり違う。

簡単に言えば、「冬も深まり」と「雪が積もった」の間には、因果関係はなく、ただ「冬が深まる」事と「雪が降った」事が並列されているだけであるに対し、「冬も深まって」「雪が積もった」の間には前項が、後項の修飾語になっていると言うことである。つまり、両者の因果関係を示している。

「深まり」という裸の連用形は、文章中でその動詞の果たす機能は示されず、どのようにも変形される可能性がある。端的に言えば、それを決めるのは、主となる文の文末詞である。上の文では「冬も深まった」ということとほぼ等しい。

修証義の中には沢山出てくる。それをみてみよう。

第一章に「今の世に因果を知らず、業報を諦めず、三世を知らず、善悪を弁えざる邪見の輩には群すべからず、」という文章がある。「因果を知らず」「業報を諦めず」「三世を知らず」は共に連用形で中止されていて、「善悪を弁えざる」と並列関係にある。これをそれぞれ「因果を知らざる」邪見の輩、「業報を諦めざる」邪見の輩、「三世を知らざる」邪見の輩として、「善悪を弁えざる邪見の輩」と並べるのと同値である。この「ず」は連用形で、それ自体文法的にニュートラルであり、その機能を決めるのは「弁えざる」の「ざる」の連体修飾という機能である。それぞれの「ず」が、連体修飾機能を持つのである。連用形の中止形は、文法的に「中性」である。一体、その連用形の機能を決定するのはどの部分であるかを見極めることが、文章を読み解く鍵になることが多い。

その次の文「造悪の者は堕ち、修善の者は陞る、毫釐も違わざるなり」の「堕ち」も連用形中止であるが、これはどうか。この文法的機能を決めるのは、助動詞ではなく、次の「陞る」である。これは、次に問題にしていこうと思っている「連体形の中止形」（これも、余り説明されることがない）である。この場合は、「陞ること」の意で連体形名詞になっている。「堕ち」は、これに支配されて「堕ちること」ということになる。

中には、前にある中止形を規定するものが忘れられて存在しない場合がある。そうすると、その分は何とも落ち着きが無く、理解しにくいこと、理解不能になることがある。修証義の中にはそういうところはない。

連用形のこういう機能について、国文法では説いていない。

なお、この決定要素になる助動詞として、大野晋氏が分けられる1類から4類と、別類（岩波古語辞典）のうち、1から4へ行くほど、決定力が強く、1類の助動詞がこの決定権を持つことは稀である。しかし、無いわけではない。上の例は、文末に助動詞は何もないが、「墜る」という連体形の機能が「墮ち」を規定し機能を決定している。

〔2012.12.26〕

私の仏教 ―― 言葉は揺れている

今朝NHKラジオで日本銀行はニホンギンコウかニッポンギンコウかという議論が成されていた。結局、言葉は揺れているということでケリになった。元日銀総裁の福井さんが言うには、お札にはNIPPON GINKOと印刷されているが、これはその呼び方を示した物ではなく、模様なのかも知れないと、とにかく大変慎重である。

地名というか、橋の名前というか、「日本橋」というのが、東京と大阪にあって、東京ではニホンバシ、大阪ではニッポンバシと呼ぶ。

オリンピックの選手の背中にはNIPPONとある。日本国の呼び方にしても、ニホン、ニッポンの二本立てである。これでは、どうも何ともしまりがないというので、どっちかにしたいと思うのも、無理からぬ事であるが、やっぱり簡単ではない。

普通、「日本……」という複合語形式になれば、多くは「ニホン……」となり、独立した「日本」という単語は「ニッポン」であるように思われる。しかし、そう簡単ではないのは、「日本橋」に見るとおりである。

また、これは「ひのもと」が元で「日の本」という名前が出来、それを中国で「日本」としたというならば、「日」はニチという音であり、下に来る語によりニッとなるのは当然のように思える。ニには成らない。英語のJAPANにしても、元は「日本」の音変化の姿の一つである。他の国では、ハポン、ヤーパン、ヤポンなどそのバラエティーが沢山ある。そう見れば、「日本」がニホンであろうが、ニッポンであろうが、特に気にすることはないのだが、仮名で書くときや、ローマ字書きのときなどは迷うかも知れない。

議論は議論として勿論大事だけれども、このことが問題になって困ったことが起こったということは寡聞にして聞かない。いつまで経ってもこの議論は繰り返されていくように思う。

〔2013.5.4〕

私の仏教 ―― 継続と奮発

何事も継続が大事だと言われる。三日坊主というのは何事も継続して出来ない人のことを言うのである。前にも言ったことがあるが、私は、若い頃同じ事をずっとやっていくということなど、何の苦もないことだと思っていた。事実、私は根気はどちらかと言えばいい方なので、そう思ったのだった。しかし、それはやっぱり若造の感慨でしかなかった。十年一昔と言われるその十年を何回も重ねて同じ事を続けていくのは確かに容易ではない。しかし、人によっては、それを十年、二十年、三十年と続け、とうとう春や秋の国の褒賞を受けるということもよく聞くことである。世の中は広いのである。

私は、語彙論を専攻の一つとしている。語彙研究のためにはどうしても語彙調査という作業が必要である。大きな作品の語彙を調べようとすればちょっとやそっとのことでケリは付かない。年単位の作業になることも珍しくはない。私はそれでも飽きずに単純作業を進めている。学生も語彙研究を志す者には語彙調査から始めさせる。最初は高をくくるのだろう。随分厖大な計画を立てる。中には、結果的に三、四万語くらいの語彙表を完成する学生が居るが、多くは数千から一万語程度、それでも、かなり根を詰めてコンピュータと格闘している。それを楽しんでいるのも居る。本当はそうでなければばなかなか完成は覚束ない。

ただ、その語彙調査を一生懸命やっているのは、実は論文を書くための資料作りである。根が要ることは言うまでもないが、それだけでは論文は書けない。単純作業中に色々気づくこともあるはずだ。それを書き留めておけばいいが、作業中にはなかなか出来ないものだ。作業そのものが楽しくなる。しかしである。その作業は継続の賜物なのであるが、本当はそれだけではいけない。その中から大地が噴火するのに例えることとの出来る発見が必要なのである。

これは一例であるが、何事にも通じるだろう。いつもいつも地道な調査や作業をすること自体は必要だが、その中に、きらりと光る物が欲しい。

実際、単純作業を進めていく内には、「ああ、そうか」と思えることが時には有るものである。そういうことに出会いたいものだし、そうでなければつまらないではないか。

〔2013.5.4〕

私の仏教 ―― 担板漢

タンパンカンと読む。ふだん、余り聞き慣れない言葉であるが、表面の意味はこの文字通りである。広辞苑には「(板を担ぐ男の意で、その板に遮られて一方は見えないことから)ものの一面だけを見て大局を見得ぬ人」とある。こういう実際の経験から出来た言葉である。だからかどうかは分からないが、最近では、こんな風に板を担ぐこともあまりないので、この言葉自体余り使われなくなったのかも知れない。

こんな言葉を皆さん実際にお聞きになったり、お使いになったりしたことがありますか。私自身も、私の言葉としてこれを使った覚えはありませんが、こんな言葉を持ちだしてきたのは、読んでいた物に、これが出てきて、懐かしい気がしたので、それを書いてみようと思ったのであります。

子供の頃、我が師匠はこれをよく使った。具体的場面は余り記憶してないが、よく使っていた。私のことをタンパンカンだと言って叱ったり、他の人を称して、タンパンカンと言っていたように思う。そう言われた当時、余りいい意味ではないとは分かったが、その意味を正確に理解していたかどうかは覚束ない。しかし、改めて、こういう字を書くと分かると「ああなるほど、上手いことを言ったものだ」と感心させられる。

実際、板を担いでみれば、一方しか見えない。大きな物を持つときは同じ事、最近、大きな鏡を二階まで運んだが、一人ではどうしても上手く運べない。知り合いに、大きな家具の運送をしているのが居るが、マンションに箪笥など運びこむのは大変らしい。一人では、重いことを除外しても、馴れても難儀であるという。車などは、最近は、バックするにも後ろを写すテレビが付いていて便利になった。

このように、実際問題として、視界がふさがれているのは何とかそれを補うことが出来る。しかし、何と、世の中に、この担板漢という語によって示されるような人々が多いことか。主義主張によってものの見方が規定されていたり、信ずる宗教に邪魔されて物が正しく見えなかったり、置かれた境涯により、現実がありのままに認識できない様なことが、何と多いことか。

瑩山禅師の「伝光録」に「仏祖の印可なを多種なりと解するも節目あるに似たり、両般無しと会するもなを担板漢なり」(二十七祖章)とある。

我が師匠は、私が中学に上がったころだったかに、囲碁を教えてくれた。その前に、将棋も教えてくれた。それに夢中になって、何もかもが碁石のように見え、正に寝ても覚めても碁盤や将棋盤が目に浮かんだ。他に何も目にも耳にも入らないような状態だった。

こんな事を予想してかどうか、私に碁や将棋を教えてくれた師匠は、一言「やってはいかんぞ」と。理不尽なことだと思ったが、今にして思えば、担板漢なることを防ごうとしたのだと思うし、何より、こういう勝負事に血道を上げていると、時間ばかり取られ、勉強などそっちのけになる。それを思ってのことと、感謝の気持ちで想起している。

〔2013.5.30〕

私の仏教 ―― 智慧

チエというと、漢字で、「智慧」と書かれることと、「知恵」と書かれることとがある。区別無く使われることもあり、区別して使われることもある。本当は、同じなのだろうが、チエをいわゆる物知りと同じように使うのとは区別してみたいと思う。この、物知りとしてのチエは「知識」と言い換えることが出来そうである。

それに対して、「チエのある人」とか「少しはチエを働かして御覧」などというチエは知識ではない。普通の国語辞典にも「物事を筋道立てて考える心の働き。物事の道理を正しく判断し、適切に処理する能力」とあり、特に、仏教用語として「煩悩を消滅させ、真理を悟る精神の働き」などともある。ついでに「知恵」は代用表記などともある。物の本に依れば、「この身を初め、すべてのいのちが、どのように生かされ、生きているかという目覚めを仏教で「智慧」という」とあった。このチエのないのが「愚か」である。

これだけでも、チエが知識とは違うものだと分かる。「チエのある人」というのも、知識のことはともかく、物事の道理を弁えてきちんと判断することの出来る人ということである。

こんな事を書こうと思ったのは、正法眼蔵随聞記の記事「智者の無道心なると、無智の有道心なると、始終如何」という文（だと思った、その文章を載せた新聞記事、どうしても見つからないので、記憶を頼りにしている）の趣旨に関してであった。この有智、無智は勿論チエの有無を言うのであるが、その問題の記事の中で、この有智を「知識のある者」の意味に解して、文章を展開していた。これは明らかに誤りなので、訂正を申し込もうと思って取っておいたのであるが、その元を紛失してしまった。あやふやな記憶で訂正を申し込むのもしにくい。しかし、明白に変なことはそれから大分経っても記憶から薄れない。

私自身、この随聞記の文章に初めてであったときには、多少違和感を持った。「道心」（やる気）というものが何事にも大切だと思っていたからである。しかし、道元禅師は、「有智の無道心」は克服できるとお考えだったのである。物事を筋道を立てて考えていくチエの大切さを言われたものと理解すれば、「ああ、そうか」と納得できるのである。逆に、たとい、道心はあっても、チエがないと、いつその道心そのものもどう成ってしまうか分からないということだと思う。知識とチエは違うのである。知識は教えて貰ったり、本を読んだりして得られる。チエはどうすれば得られるか、自らの頭で考えて手に入れる他はない。

〔2013.5.31〕

私の仏教 ―― お洒落

私は、専門としている比較語彙論のために、一つ一つの語にコード付けということをしている。特に、今、漢語サ変動詞を初めとする複合サ変動詞に、その語の意味分野を示すコードを付けるほかに、その一々の構成要素にも、意味コードを付けている。これを、その語の要素に付けるコードということで、語素コードと称している。何故、そんな面倒なことをするか、と言われれば、きちんと答えることは出来るけれども、ここでそれを言うのも本筋から離れてしまい、煩わしいだけだから、割愛する。ただ、それをきちんと説明せよと言われれば、説明するにやぶさかではない。

そこで、「お洒落する」という語には、どういうコードを付ければいいか、皆さん方には余り興味のないことかも知れないが、少しお付き合いをお願いする。

私がコード付けする基準としている『分類語彙表』によれば、「お洒落する」は2.3332というコードが付いている。これは、「衣生活」という名前の付いている意味分野で、この分野には、「着飾る」「ドレスアップする」「めかす」といった語などが上がっている。この2.3332というコードは、こういう衣生活に関する意味を表す。ただ、これだけでは、一つ一つの語の持っているニュアンスの多くが失われてしまうと思うので、その語の構成要素の一つ一つに、意味コードを付け、少しでも、細かく意味を表そうと考えている。ただ、そこまでしても実際は五十歩百歩なのだが、やらぬよりよいと思って実践している。漢字で出来ている語は、一字一字に分解して付ける。今、「お洒落する」という語の各要素「お」「洒」「落」「する」にどういうコードを付けるか。「お」や「する」には類例が多いからそれを付ける。「洒」は「あらう」という意味だ。「落」は「おちる」「おとす」という意味である。漢和辞典を調べながら、なるほど、「洒落」とはこういう事か、「余分な物をあらいおとす」ことなのだと思った。それで、こんな文章を書くのである。こんな事を思った。

「お洒落する」というのは、『分類語彙表』において同じ意味分野にある語を二三上げたが、要するにおめかしすることである。ここには、「衣生活」という名前の意味分野の中にある語なので、着る物のことが主であるが、一般には更に、化粧関係のこともお洒落の中には入っているように思う。『分類語彙表』でも1.3300「文化・歴史・風俗」の項には「お洒落」「豪勢」「豪奢」と並んで「あかぬけ」という語も上がっているが、私が思っているような化粧によるおめかしに関係する語がないのが一寸不思議であるが、化粧品を使っておめかしすることも、「お洒落」の一端のように思う。

この「洒落」を漢字一字一字に分解してその意味を見ていくと「お洒落」とは、不用な物を「洗い落としてすっきりすること」のように思える。とすると、色々顔に塗りたくったり、これでもかと色々な装飾品で飾るなどということは、「洒落」の本義に悖《もと》ることになる。不用な物を全部そぎ落としたのが、「お洒落」なのだと合点した。

お化粧のことをメーキャップ make up などとも言う。make up の英語の本義は「補修」ということである。壊れたところ、よくないところを修復することだ。化粧を「メーキャップ」と言うからいいようなものの、これを「補修」と言ったら幻滅だろう。

話が逸れた。「洒落」に限らず、漢字熟語として意味を知っている言葉は、それを構成する漢字一字一字を見ていくと、大抵は合点がいく。しかし、時に、どうしてもその漢字が一体どういう意味で使われているのか分からないときがある。

以前から気になっていて、未だによく分からないのに「丁寧」というのがある。この「丁」は一体どういう意味と考えるべきなのか。「案内」も語全体としては疑問の余地はないが、「案」と「内」はどういう意味なのだろうか。「女中」の「中」はどういう意味なのか。

こう考えてみると、言葉を一つ一つ理解するのに有益なことが勿論あるが、よく分からないことも沢山あるものである。

〔2013.6.22〕

私の仏教 ―― はばかる

町の中の歩道はきちんと最初から計画されたところは別だが、申し訳程度に作られたものが多い。一すれ違うのがやっとというのもある。傘を差してなど以ての外というところもある。総じて狭い。一寸広いと有料自転車置き場などが設置されている。それはいいのだけれど、三人も並んで歩けば一杯になるような所でも遠慮会釈無くゆっくりゆっくり歩く若い連中やおばさん達が居る。後ろからその前に行きたいと思うのだが、通してくれない。イライラすることがある。しかもそこを自転車で並んで走るのなど論外である。

道幅一杯に広がって歩く連中を見ると私は「はばかる」という言葉が頭に浮かぶ。これを「幅借る」つまり「幅を借りる」というように理解する民間語源説があるが、そんなことが思い浮かぶのである。尤も、この語源は「はばむ」という語の「はば」と同じだそうで、「幅」とは直接関係ないということであるが、如何にもこの民間語源説を肯うような様子である。

道を造る行政側にも責任があるのは当然であるが、昔からの道は大体は狭い。いじましい努力で歩道を造っているのであるから、余り文句は言えない。使う方のモラルの問題である。すれ違うのがやっとの所では、並んで歩くなどということはやめなければならない。雨の日などは傘を傾けて歩くという江戸仕草を実践する必要もある。独りしか通れない所などもある。どうしても譲り合いの気持ちを持たねば成るまい。

私の通るところに一つとんでもないところがある。車道も狭くて、車が多く、誠に危険である。どうしても、歩道を通らなければならないのだが、それが歩道とは名ばかり、側溝に蓋をして、その上を通らなければならない。民家がせり出し、自分の土地であることを主張しており、車道の境から、50センチ有るかどうか。絶対にすれ違えない、向こうから人が来れば早く通り抜けなければならない。向こうで人が待っててくれる。こんな所は民家に少し引っ込んで貰うほかない。多分行政も努力はしているのだろうが、一軒だけどうしても譲らないようだ。譲らない方にも言い分はあるのだろうから、端からとやかくは言えないが、お互い大きな心で苦労している人達のことも思いやって欲しいと思う。頑張っている方も、危ない目に会わぬともかぎらない。こんな事を思う人は多いのではないかと通る度に思う。

道路に関しては、いろいろ見てきた。長いこと頑張っていたところも、遂に一軒だけとなり、それでも頑張っている。しかし、いずれ、かたが付く。名古屋の道の場合、数十年という単位で決着が付いたというところも幾つかある。痕跡の残っている所など、そう言えばここも頑張っていたなぁと思うことがあり、まるで跡形もなく想像も出来ないところとがある。それが当たり前の姿なのだからだろう。

堅い言葉で言えば、「公共の福祉」のためということだが、争いがある所などでは、一寸した思いやりが、恐らく双方に必要なのだと思う。

〔2013.6.28　2014.4.19〕

私の仏教 ―― 年齢

自転車に乗っていると、色々なことを考える。最近、つくづく考えさせられたことがある。今、私は、定年退職して年金生活の身分である。これは、ただただ、私の年齢に依ることで、私の意志は何も関わりない。職を辞めたいと思って辞めたわけでは全然ない。今でも、退職以前の仕事はそのまま、何の欠けるところもなくしようと思えば出来ると思う。ただ、周りの人々が年を考えてそんなことをさせては悪いとか、若い者がやるべきであるとか、年寄りは年相応にというううるわしい職場環境、これは、言い換えれば、年齢（だけ）を考えているのであって決して、その人自身を見ているのではないように思う。

社会一般について言うなら、そんなことをいちいち考えることは出来ないのかも知れない。しかし、個々の職場、個々の企業内でならやる気になれば出来ないことではない。

人は、年相応に体が変化してくる。医者に行って、症状を訴えても、歳の所為の一言で済まされることも多いと聞く。そう言われて怒っている人も多い。確かに、自分自身でよく観察すれば、若い頃とは色々違ってきている。見た目の変化は、髪の毛の多寡と色、体には種々のシミとかソバカスが出来、皺が増えてくる。肥満が進んでくる人もいる。歯は駄目になる。虫歯の進行、歯周病による歯茎と歯の異変、目は多分確実に、見えにくくなっている。耳の聞こえにくくなっている人も多い。歩く速度は落ちる。自分をよく観察すると歩幅が確実に小さくなっている。姿勢や体型は明らかに違ってくる。

見た目とか、身体的特徴だけではない。体の内部で進行している諸変化、血圧とか、中性脂肪とか、肝臓に関する諸値、尿や血液の検査で出てくる色々な数値は年齢と共に変化している。

それだけではない。世の中に対する考え方、物事の見方考え方、人間観察眼等々、変化しないことの方が少ない。

しかし、である。

女性は年齢を公表しない方が多い。これは、何も女性の特権ではなく、高齢者もそうすればいい。ある年齢に達したら、もう歳は言わない。何歳以上と言うことにしておけば、一々気にすることはない。年齢のために、それでは仕方ありませんねとか、もう、無理ですねとか、そんなことは言わなくてもいいし、言われなくて済む。年齢が自らをむしばんでいるような気がする。私は、今も、若い人達と相撲を取っているが、何時も年のことで気が引け、年寄りの冷や水と、人に言われる前に自分で言っている。こんな、引け目も感じずに済む。

今の制度ではなかなか難しい一面もあるが、年齢によって人を律するということをある年齢以上は止めたらいいと思う。同じ六十五歳でも、七十歳過ぎてもまだまだ人と同じように出来る人もいれば、六十歳でも駄目な人もいる。これを一緒くたにしてはいけない。全部を一緒くたに扱おうとするところに無理が生じるし社会の損失でもある。

〔2013.7.22〕

私の仏教 ―― 逆療法

お医者様には色々の感慨がありますが、私が、どうしても波長の合わないのが整形外科です。整形のお医者様には読んでいただきたくありません。ただ、これは、整形外科のどの先生が悪いとかいいとかいうことではありません。以前にも、肩こりのことで掛かったことはありましたが、一向改善はしませんでした。痛いところに、シリコンを注射されましたが、一時的に痛みが取れただけ、直ぐ元の木阿弥でした。

本格的に整形に掛かったのは、二〇〇四年のこと、韓国に2週間ほど出張していて帰ると膝が痛くて坐れず、お経を読む時、難儀しました。それで受診して、レントゲン写真その他の検査を受けました。結果、半月板がどうのこうと言われ、そのためには、太股の筋肉を付けなければいけないとのこと。それで治療としては、痛いところに電気を数分当てることと、一寸した運動でした。二、三回通いましたが、そんなことで筋肉が付くはずがありません。その整形外科は常連で一杯でしたが、その方々と結局同じ仲間になるわけです。治らないから、毎日のように通うのです。お医者さんはそれでいいでしょうが、患者はたまったものでありません。中に、マッサージを受けている人を見ましたが、その施術者は、他の人と喋りながら、手先だけで、実にいい加減にしているように見えました。これでは治らないと思い、通院を止め、痛いところを中心に灸治をして貰い、自分でも灸をすえたりました。二ヶ月間苦労しましたが、ほぼ完治しました。

自己判断ですが、この痛みは二週間、韓国に滞在している間、それまでしていた運動をしなかった所為だと考えることにしました。

その後、相撲の稽古の折、準備運動の最中、左足、膝の所の靭帯（何という名前か知りません）が嫌な音を立てました。随分痛かったので、稽古は中止して、マッサージをしてもらいに行きました。マッサージ師に念のため整形外科に行ってくれと言われました。聞かないわけにはいかないので、整形外科を受診しました。色々な角度からレントゲン写真を取られましたが、治療は馬鹿丁寧というほど包帯をぐるぐる巻にしてくれただけしか覚えていません。包帯は、保険でなく自費ということでした。この時も二、三回通院しましたが、幾ら丁寧に包帯して貰っても痛みが取れるわけはありません。今も一杯包帯が残っています。もう捨てようと思います。マッサージ師は念のために受診せよと言っただけで、大したことがなければいい、靭帯が切れていないことが分かればそれでよかったのです。

その後は、痛みを堪えて、マッサージ治療と、自分で痛みに耐えられるところまで動かすことにより、二、三ヶ月後に完全に復帰できました。以後、整形のお医者さんには行かないことにしています。

今回、また原因不明で、左足のくるぶし上五、六センチほどのところが痛み、周囲が真っ赤に腫れました。しかし、歩くのに支障はなく、自転車にも乗れます。無謀かも知れませんが、相撲の稽古に出掛けました。これは、特に何と言うことはなかったのですが、申し合いの最中、下手投げを打って勝ったときだったと思います。左足、太股の後ろ（ハムストリングというのだそうです）が強く引っぱられたように感じました。その後、自転車で帰らなくてはならないので、痛いところをギュウギュウ押して、何とかなりました。

風呂でも、下の方は、発赤しているので。そこは湯につけず、太股は湯につけてやっぱりギュウギュウ揉んだり押したりしました。夜中に目を覚ましても、普通に歩けるので安心しました。今日、午前は、自転車で遠くまで御経に行き、午後ジムに行き、痛かったけれども普通にメニューをこなしました。夕方、未だ、触ればまだ痛いけれども、昨日に比べ大分改善したように思います。さて、これで明日は?。

こんな、私の逆療法。皆さんにはお勧めできません。これは私の主義。ひょっとすると、命取りになるかも。

〔2013.6.3〕

私の仏教 ―― ああすればよかった

後悔先に立たずと言う。考えてみるとこの諺の意味はあんまりよく分からない。後悔しても何にも成らないということは分かるのだが、先に立つとは一体どういうことを言うのか、本当のところが分からない。「後悔」が道先案内をしてくれるというのでもあろうか。こう考えると、「後悔」がこれから先を照らして案内してくれることはないとでもいうことになろうか。こじつけだから、これはあてにならない。一寸調べたくらいでは正解が見つからない。しかし、今、こんな事を議論するつもりではない。

よく、「あのとき、ああすればよかった」とか、「こうすればよかったんですがね……」などと言う人が居る。それ聞くと、反射的に「じゃあ、そうすればよかったじゃないか」と思ってしまう。この「ああすればよかった」などというのは誠に聞きにくい言い訳だ。

全く違う話なのだが、源氏物語第二部冒頭の若菜の巻を丁寧に読み解いた本を貰って、今読んでいる。すると、光源氏のお兄さんに当たる朱雀院の優しい性質、それに伴う優柔不断の性質が云々され、その生母が亡くなってしまい、男親の朱雀院自身で養育している女三宮の処遇についていろいろ悩んでいる姿が描かれている。朱雀院は病身で、出家の志があるが、そうすると後見人の居ない女三宮が心配で堪らない。宮は、年よりも幼いところがあるので余計気懸かりなのである。

光源氏の息子の夕霧中納言が見舞いにやってくる。二十歳そこそこだが大変落ちついているし、将来も有望である。朱雀院は以前から彼に女三宮を託そうとしていたが、例の優柔不断、その内に夕霧は宿願を遂げて太政大臣の愛嬢雲井の雁と結婚した。こうなっては、父親の光源氏とは違って一面堅物の彼に女三宮世話を頼むわけにはいかなくなった。「この中納言の朝臣の独りありつるほどにうちかすめてこそこころみるべかりけれ」と後悔している。

結局、光源氏自身に女三宮を託し、結果的に紫の上が悩まなければならないことになってしまう。これは物語のことであるが、実際にも、思ったら機敏に事を運ぶべきである。すべきことをせずにいて後悔するのは愚の骨頂、すべきことをしなかったのならその結果は甘んじて受け、つべこべ言わないことである。ああすればよかったなどと言うことは実際聞いても仕方がない。聞きたくもないことである。

私の尊敬する方であるが、一つだけ、こういう事に関して納得できなかったことがある。「本当は、ああしておけばよかったんですが……」などと言われたものだ。遥か以前に故人に成られた方であるのだが、こんな事だけは未だに覚えている。

〔2013.6.19〕

私の仏教 ―― 今でしょ

最近、売れっ子のどこかの塾講師の言葉としてそこいら中で使われている。その人に言われるまでもなく、有るのは今だけ、厳密な事を言う哲学者は現在だってとどまっていないからほんとに有るとは言えないと言う。

正法眼蔵の中の「心不可得」の巻に、餅売り婆さんと徳山宣鑑の問答がある。徳山は金剛経の専門家で、これから南方に出掛けて金剛経を講じてこようと意気込んでいた。沢山の注釈書を背負っての旅、一服して餅でも食べようと思って婆さんに声をかけた。婆さんは、「和尚が一杯持っているのは何だ」と聞いた。徳山は、「儂《わし》は金剛経の専門家だ、これはその注釈書だ、云々」と。婆さん曰く、「私に一つ聞きたいことがある。ちゃんと教えてくれたら餅を売ろう」と。徳山「何なりとどうぞ。」婆「金剛経を聞いたことがあるが、過去心不可得、現在心不可得、未来心不可得と言っている、一体どの心に餅を点じようとするのか」と。徳山は答えることが出来ず、餅を食い損なった。

道元禅師はこのことで、人々は婆さんを褒めるけれども、本当のところその婆さんの力量は分からない、ただ、徳山をぎゃふんと言わせるだけが能ではなく、きちんと導いてやってこそ、その人と言うことが出来るのだと仰有っている。何事にも通じることだ。批判するだけでは駄目で、ちゃんとその解決策を示し、実行しなければいけない。

確かに、過去は過ぎ去ってしまったのだから、何とも出来ないし、現在はとどまらないのだから、これまた捉えようが無く、未来は未だ来ないので何とも仕方がないというのである。

しかし、我々は過去から今に生きており、未来に向かって生きていく。

さる有名な作家が、明日出来ることは明日にしよう。今からする必要がないといった趣旨のことを言っていた。これまた真をついている。

今日只今を大事にしなければいけないことは言うまでもない。何事も、明日からでは駄目だ、今から始めよという。これは至言である。きちんと用意を調えてということもあろうが、そう言っている限りなかなか肝腎なことに手が着かず、結局手遅れになる、世の中のこんな有り様は徒然草にも幾つも出てくる。

一つだけ例を挙げておこう。ある人が、説経師に成ろうとした。そのために馬の乗り方を習ったという。将来、説経師として迎えられたとき、馬にも乗れなかったら困るだろうというのだ。次に余興も出来なくてはというので歌を習った。結局、説経を習う暇がなかったというのである。

まず、成すべき事を見定めて一直線、今から直ぐ始めよう。

〔2013.9.18〕

私の仏教 ―― とんでもない暦

今のカレンダーには、曜日の他は何も書いてないことがあります。月めくりや日めくりになりますと、旧暦の日付、大安とか、仏滅という六曜、春分・晴明・寒露などの二十四節気、或いは日の出・日の入りの時間とか、色々書いてある物もあります。旧暦などが書いてある暦には、二十四節気などは勿論として、「六白仏滅」とか「三隣亡」とか、「一粒万倍日」とか、種々のことが書いてあります。中には、意味不明のこともあります。こういうものを一括して「暦注」と言います。暦注の中には有用な物と無用な物、と言うより有害な物があります。ここから多くの迷信が発生しております。

これは昔からありました。平安時代の貴族は暦を作って、それに色々な出来事を書いて後の参考にしました。そういう物が代々その家に伝わっていました。但し、それは貴族など上流の人々のみの物でした。それは日常生活や公式の行事等で参考にすべき物で、有用な物でした。

しかし、中には酷い物もありました。その一例として、平安末期の説話集「宇治拾遺物語」にある例を紹介しておきましょう。暦の、ばかばかしい迷信の最たる物と言っていいかと思います。

巻五に「仮名暦誂へたる事」という短い話があります。こんな話です。或る新参の女房が紙を貰い受けて、若い坊さんに仮名暦を書いて貰おうとしました。最初の内はきちんと暦らしく何々の日などと書いてありました。ところが後ろの方に行くと、この坊さん嫌になったのでしょうか、ふざけ心が出たのか、「何々を食う日」或いは「食わぬ日」「有ったら食べる日」などと書き出し、更に、今日は「箱すべからず」つまり、トイレに行ってはいけない、などという日が出てきます。それが、何日も続いて、それを守っていた、若い女房、何日もトイレに行かず、身をよじって苦しみもだえたということです。

暦注も事によりけりです。これは困った暦注の一例です。現在も相変わらず猛威を振っている（?）のが六曜です。六曜の内、赤口・先負・先勝などは余り意味が分からないので、問題にもなりませんが、仏滅とか、大安、或いは友引は、その文字面から何となく意味をこじつけて、その結果が実際の生活にも影響してきます。その実、これは何の意味もないことなのであります。例えば、日曜とか、月曜という曜日と似たようなもので、一応、その日の目印にはなっても、それ以上のことはありません。火曜日は火に気をつけよとか、水曜日は水に気をつけよなどとは言わないでしょう。

六曜の決め方を知ればはっきりします。それは、旧暦の月と日の数字を足して、6で割り、割り切れれば、大安、5余れば仏滅、3余れば友引なのです。あと余り1が、赤口、余り2が先勝、余り4が先負です。ところが、今の太陽暦に変わった明治六年からは、その関係が絶たれてしまい、何か神秘的な様相を持つようになり、迷信化したのであります。

日日是好日という言葉があります。こんな暦や迷信に騙されないようにしたいものです。

〔2013.10.18〕

閑話休題 ―― お医者様談義

この話は、申し訳ありませんが、お医者様には聞かせたくありません。お医者様の中には信用できない方がいらっしゃいます。私が世話になったお医者様の内、内科や外科の先生は信用しています。眼科や耳鼻科、歯科の先生は人によりけりでした。

高校生の頃から、喉が痛くなることが始終あり、長らく耳鼻科とは縁が切れなかった。いいと言う評判の、随分多くの耳鼻科に行った。もう数えられない。評判のところでは、随分待たされた上、治療は僅か一、二分、待ち時間に沢山本が読めたし、索引作りのための項目の選定などもした覚えがあるから、無駄をしたわけではないが、肝腎の喉は評判とは裏腹によくならなかった。

現在は、もう耳鼻科には花粉症の時しか行かないが、喉の痛みが無くなったのは何時のことだったか、駅前で開業した藤田耳鼻咽喉科であった。治る時期だったのかも知れないが、藤田先生には感謝している。それに引き替え、最近掛かっている所、専属の医者がいず、日替わり、これでは、医者はカルテを見るから分かるというかも知れないが、患者としては信頼できない。自然足は遠のき、この二、三年は花粉症も買い薬で済ませている。

人間ドックでいつも血圧が引っかかった。要精検などと言われる。時々お世話になる神経内科の先生に訳を言ってみてもらうと、何てことはない。曰く「はかり方が下手なだけだ」と。胃のバリウム検査でもよく引っかかる。一度、近くの内科医で内視鏡の検査を受けたとき、お医者さんが言うには、「あなたの胃は一寸変形しているから、バリウム検査では引っかかることが多いだろうから、そのことを先に告げよ」と。その後、此を忘れずに言ったときはすんなりセーフだったが、言い忘れるとよく引っかかった。それで又内視鏡検査。最近は、鼻から入れる内視鏡の検査は、喉からのよりは余程楽だ。

私は、大学生の頃、陸上部で長距離を走っていた。練習の時、食事の直ぐ後だった所為か、戻してしまった。それに、血が混じっているように見え、検査を受けた。本当は何でもなかったのだろうが、胃の内視鏡検査を受けさせられた。この時の胃カメラは何とも恐ろしい物だった。太さも随分あった上、今の胃カメラのようには曲がらない。体の方をそのカメラにあわさなくてはならない。喉に麻酔をするのは少し前までと同じだが、のけぞらせて、真っ直ぐのカメラが通るようにしなければならなかった。あんな恐ろしいことは二度と御免だと思った。胃液の検査もされた。これも嫌なものだった。鼻から管を通して、何分かおきに胃液を採取する。全部で二時間くらい。その胃液が、管にも付いて、誠に異様な臭いがする。自分の体の中からでたものでもとても我慢しにくかった。後から考えると、どうも実験材料にされていたようだ。検査の結果をちゃんと聞いた覚えがない。だから其れで治療を受けたこともなかった。その医学部の先生は、後にがんセンターに移られたが、その方から、かなりの期間定期的に胃に関して色んな問い合わせがあった。ほとんど答える気が起こらなかったが。

思えば色んな科のお医者さまの世話になったものだが、最近は、ほとんど縁切れになり、有り難い。

ただ、所謂ホームドクター的なお医者さんが無く、何か不具合があったら困ることになりそうだ。

〔2014.2.28〕

私の仏教 ―― 祝日

バブル崩壊後、長く続いた不況の中で、休日を増やして人々を行楽に誘い、少しでもお金を使わせ景気を刺激しようとして、いわゆる「ハッピーマンデイ計画」なるものが実施された。祝日と日曜が重なれば、翌日月曜日を「振り替え休日」として土曜日からの三連休にするのだ。余分なことだが、この「振り替え休日」がカレンダーに「Make up Holiday」（Make up は訳せば「補修」）と書いてあったのを見たときには、なるほどと思うと同時に、お化粧のことを「メークアップ」というその言葉が、ああそういうことなのかと、変に合点されたものだ。このことをあまり細かく言うと叱られそうだから、余分なことはこれだけにしておく。

この、ハッピーマンデイ計画が実施されて、大学に限ったことではないと思うが、とにかく月曜日の授業時間が足りなくて困ったものだ。補講などして、表面を繕っている。この頃は、我々が学生の頃と違い、文科省の指図かどうか、授業時間数を半期15回きちんとやれということが厳しく言われる。学生諸君も、我々の学生時代とは違い休講を喜ばない。どころか、一々、一時間が幾らいくらにあたるなどとお金に換算しているのまで居るのを冗談とも思えないのが何ともやりきれない。振り替え休日は月曜を休みにした次は火曜、水曜としていけば問題は無かろうが、それでは、連休効果が無くて駄目なのである。

ところが、ここに来て、学校などでは、今までは、ゴールデンウィーク中の週日をわざわざ休みにしてまで、九連休、十連休にしていたのを止めて、四月三十日は通常の授業とし、五月一日、二日は当然暦通り、結局、連休は後半だけになった。その他、振り替え休日だけでなく、月曜日が祝日になる、今年の場合、海の日七月二十一日、敬老の日九月十五日、体育の日十月十三日なども無視されることが多く、最近では、実質的にハッピーマンデイ計画はご破算になってきている。アンハッピーマンデイである。

余りに休日が増えすぎた結果、国民の祝日も何のその、その企業、その会社の都合でカレンダーを作り、それに従っているということまで起こっている。それでもさらに、六月と八月に休日がないから、祝日を新設しようなどとしているという。「海の日」があるから「山の日」もと、「……の日」を作り出したら、きりがなくなるだろう。

もう一度、国民の祝日ということを考えてみなければ成るまい。多く成りすぎて余り有り難くもなくなった。祝日の趣旨も忘れられがちだ。祝日の名称や日にちがころころ変わったりするのもその一因であろう。この前、カナダに行ったときなどは、何かの祝日で、店という店が殆ど閉まっていて不便はしたけれども、祝日は守っていた。罰則までは設けて欲しくないが、お祝いは一緒にしたい。

〔2007.4.20　2014.5.1〕

私の仏教 ——ああ、文学部

最近の新聞に、「文学部が消える?」と題する文章が載った。「実学重視の風潮逆風」「深い教養こそ企業に必要」と見出し（中日新聞　2014.4.11 夕刊）。

確かに日本の大学から「文学部」と名乗る学部がどんどん消えている。今まで文学部と言っていたところが、訳の分からぬ名前、長々しい名前に変わっている。「文学部」が「文学」の「部」と狭く誤解されているようにも思える。その実、文学部とは「文」の「学部」なのだ。当節はやりは「人間……学部」「情報……学部」「国際……学部」「……コミュニケーション学部」。事細かに、内容を表現しようとするから長くなり、おまけに、それに当てはまらないような学部や研究室は一体何処にあるのか名前を聞いただけでは分からなくなる。こういうのは、実は大抵は「文の学部」なのだ。

もう十数年前のことである。一寸、無関係のようにも思えるが、私の中で繋がっている。それは、文学部での会議、どんな会議だったか正確には覚えていないが、ばかばかしかったという気持ちだけは覚えている。10分で済むことを長々と、然も、明日もやろう、ケリが付くまでやろう、等々、もう結論は出ている問題をいつまでも論議しようというのであった。

記憶を辿ればこうだった。当時文学部にあった研究室に別の研究科からお呼びが掛かり、そこに移ろうとする研究室の扱いについでであった。

私は、こう思って、それでこう言った。そこでよりよい条件の下で少しでもいい未来を切り開けるならば、それを止めることはない。追い出すわけではない。出ていってうまくいけばそれでいいではないか。引き止める理由など一つもない。引き止めて、それ以上の研究条件が提示できるのか。しかし、聞く耳を持たぬ人達、訳の分からないお為ごかしとも思える議論を持ちだして、侃々諤々。

一方、文学部に来たいと言っている研究室に対しては門戸を閉ざしていた。じり貧路線を好んで取っているとしか思えぬ。来たいと言っているところと近い研究室だけが得をするのではないかとやっかみと猜疑心が見え見えだった。

私は、研究室の自主的判断を最大限尊重すべきで、文学部がどうのこうのという問題では全くなかったと思う。出ていこうとするのを引き留めようとして、発言した人々の顔ぶれを見るがいい、いずれ負けず劣らず、学生のいないところで、独立も出来ない人達だ。それが外からお呼びの掛かった発展しようとする研究室を文学部にとって大切だという独りよがりの理由で引き留めようとしていた。自分たちの責任を果たす方が先だ。自分たちでは責任を果たせないから、人気の研究室におんぶしようとしているのが見え見え。それは駄目だ。早速、そういうところから改革して存在意義を発揮して貰わなければ、文学部全体がじり貧だ。

この議論を思い返して考えた。自らの責任を果たさず、人に寄りかかり、あまつさえ、人を妨害する、こんな考えの持ち主に先の展望はない、成すべき事をきちんとして、しかも世の中から認められなければ仕方がない。認められなくても、自らを持して処していく、そういうあり方は、もう流行らないかも知れないが、いずれ、世のため人のためにならぬとも限らない。よしんば、なんにも成らなくてもいいではないかと。

〔2000.2.23　2014.5.1〕

私の仏教 ―― まだだなぁ

「弾くことと書くこと」という本のことについて、著者の言うことを聞いた。「一度完成したと思っても、あとで聴き返してみると「まだまだだなぁ」と思って、がっかりすることもたびたびです」と仰有る。これを聞いて、この人は、本物だと思った。それに比べて、若いからかも知れないが、オリンピックで思い通りの成績の上がらなかった選手達の言うことを聞いてがっかりすることが多かったものだが、昨今の選手は利口になったか、教えられたか、心の底から思うのか、高ぶったところがなく、周りの人々、支えてくれた人々に感謝の気持ちを表すことが、多くなったことは、聞いていて清々しい。さらに、その成果に満足せず、向上を目指す姿勢を見せる選手達にはエールを送りたくなる。

逆に「十分やった」というのは、それはそれで結構だが、結果が出ないことに対して、大した反省もないのはいただけない。それに比べ、悔しさ丸出しで、自分の未熟さを認め、精進を誓う選手は頼もしい。もう十分やった、十分力を出し切れたというのも良かろう、それで、満足のいく結果が出ているなら言うことはない。そうでもないのに、こう言うのは、もう、進歩の目はないということだ。以前「自分を褒めたい」と言った選手がいた。功なり名遂げた後ならともかく、よく聞く言葉だけれども、この言葉には納得がいかない。いつも自分に不満を抱くのはどうかと思うけれども、自分の現在に満足したら、もう進歩はない。
「足るを知る」ということは大切な徳目である。しかし、それは、自分に満足することでもなく、自分自身のあり方に対して言うべき事でもない。

〔2002.5.30　2014.5.1〕

私の仏教 ―― 鈍感力

古い話になったが、小泉元首相が第一次安倍内閣の時、安倍総理大臣に対して、国会の始まった頃「もっと鈍感力を持たなければ」と言ったと報道されたことがあった。一々、色々な批判や支持率の上下に一喜一憂していては仕方がないと言おうとしたのだろう。

当時、面白い造語だと、以前に耳にした「老人力」などを思い浮かべて思っていた。そうしたら、テレビで作家の渡辺淳一が「鈍感力の勧め」といった本を出して評判だとか、それで出演していた。ちらっと見ただけだからその放映の内容までは知らないし、まして本の中身も知らない。ひょっとしたら、今書いた書名も間違っているかも知れない。ともかく、そのあたりがどうも発想の元だと合点した。それも違うかも知れないが、そのことは本題ではない。

本題ではないが、丁度その頃、中日新聞の時事川柳に（2007.3.14）「鈍感な人ひな壇で威張ってる」（吉田国男）とあったのには思わずニヤリとさせられた。

「力」は、もともとプラス評価の言葉だ。勿論、マイナスにも使おうと思えば出来る。悪に強ければ善にも強いなどというのはそれを示す。強さ自体は本来は中性だ。力にもいろいろな力がある。しかし、もともと、力にはならないようだと思われている「老人」とか「鈍感」にその力を認めて複合させて造語したところに、奇妙な新鮮さがあり、話題を呼ぶのだと思う。

この頃はさらに、とても力にはなりそうもない言葉に、何にでも「力」を付けて造語してしまう。曰く、文化力、地域力、独裁力、雑談力、調達力、相談力……等々。

防衛力、経営力、購買力、吸塵力、文章力、説得力、等々は特別ではない。

〔2007.3.14　2014.5.1〕

私の仏教 ―― ヒガンバナ

毎年、ここかしこで秋の彼岸頃になると咲く、あの真っ赤な妖婉な花、白いのも、他の色のもあるそうで、白のは見たことがあるが、何と言っても、あの、真っ赤なのがいい。曼珠沙華という別称もある。経典に出てくる、あの曼珠沙華・摩訶曼珠沙華と同じなのかどうかは知らない。欧米では園芸植物とされていて、黄色のもあるという。

この頃は、これを道端に植えているのか、通りがかりに群生しているのを見ることが多くなった。今年は、天候異変で、色んな生き物の様子に天候異変が影響しているようだ。いつも、本当に決まって秋の彼岸を待っていたかのようににょきにょきと茎だけが伸び、その先にあの切り紙細工のような花を咲かせるのだが、今年は、もう九月の十二日に咲いているのを見た。その後あちこちで見た。彼岸にはもう咲いていないのでは思っていたが、幸いまだまだ元気な様子だ。

この花は日本原産ではなく、中国から帰化したらしい。何かに混ざって入ってきたか、それとも、この有毒性を利用するために移入したのか。根茎から、茎・葉に至るまで、有毒で、田の畦などに植えるのはそれを嫌ってミミズなどが巣くわず、それを狙うモグラなどに荒らされないためだという。墓に多いのは、土葬であった頃、その遺体をやはり動物たちに食い荒らされないためだった名残だという。

有毒ではあるが、この鱗茎はデンプンを多く含むために、毒抜きをすれば食用になるので、救荒植物としての性格も備えている。

この彼岸花には異名が多い。死人花《しびとばな》・地獄花・幽霊花・剃刀花・狐花・捨て子花などと呼ばれ、不吉視されることがあるが、反対に「めでたいしるし」とされることもある。方言には千種以上も呼び名があるとされる。

ともあれ、独特の美しさと妖しさを備えた花だ。

〔2014.9.21〕

私の仏教 ―― 県境

日本は実際に旅行してみれば、広いなぁと思うこともありますが、世界の各地に比べれば、狭い国土です。それが、沖縄を含めて、47もの都道府県に別れています。地図で見れば随分入り組んだ境界、不思議に思ったこともありました。

以前、車で旅行したとき、静岡県から愛知県に入った途端にまるで違う景色が展開した事を覚えています。岐阜県から愛知県に入ったときにも、俄に視界が開けた気がしたものです。自然の地形などの環境によって県境がしかれていることを感じました。

今年の雨の降り方、梅雨は誠に奇妙でしたが、その差が、地図の県境でくっきりと表れていました。今年、梅雨入りは早かったのですが、その直後、わが愛知県では、少ししか降りませんでした。ところが、西隣の三重県では凄い雨でした。更に、東では、東京や茨城などで大変な雨、然も、東京23区内でも、区域によってははっきりと差がありました。東京の場合、地形による物とは言いにくいかも知れませんが、町の中にも、何か、はっきりと区分が有るみたいです。これは、今言おうとしている、県境などの地形によるものとは違う何か他の要因があるのでしょう。私の古い経験では、ほんの電車道を隔てただけで、くっきりと雨の降り方が違っているのを何回となく見ています。これは何なのでしょう。「夕立は馬の背を分ける」などと聞いたことがありますが、それでしょう。

今回の台風12号による雨も、梅雨入りの時の雨の降り方と似たところがあります。四国や九州に沢山降って、テレビではその積算雨量が、グラフで示されます。四国とか九州などはそれぞれ海を隔てているので成る程と思えます。中国地方、近畿地方などでも大違いがありますが、でも、これは陸続き、三重県と愛知県にも気象に関しては非常に顕著な差が現れています。伊勢湾を隔ててはいるとはいうものの、一部では陸続き。三重県で数百㎜に対して、愛知県はゼロかほんの少し、それが地図上に示されますと、不思議にさえ思えます。鉄のカーテンではなく、なにか見えざるカーテンが有るみたいです。恐らく、自然の地形が、この境を形作っているのでしょう。

それに対して、アメリカ合衆国の各州境は真っ直ぐの直線みたいです。アフリカ諸国の国境もそれに近い。人為的に、地図に線を書いたのです。かつて聞いたことがありますが、地球は丸い、それを直線で分割すれば、必ず隙間が出来るはずだ、だから、アメリカ各州の州境をよく調べ、どちらにも属さないところを見つけ、金儲けの種にした人が居ると。その結果、どうだったか、聞いたかも知れないが、残念ながら忘れました。

〔2014.8.2〕

私の仏教 ―― 能吏

「能吏」というのは「有能な役人」「事務処理にすぐれている役人」と辞書にはあります。言葉としてはプラス評価の褒め言葉です。世の中はこういう人達のお陰で上手く動いているのだと思います。無くてはならない存在なのでしょう。

次のような人を「能吏」と言うかどうかは異見もあるかも知れません。規則にきちんきちんと当てはめて事を処理していく人、言わば几帳面な人がいます。几帳面すぎる人には時に反発さえ覚えますが、いかがでしょうか。

こういう出来物《できぶつ》は一般庶民にとっては取っつきにくい存在です。逆にどこか抜けているような人には親しみを感じさえします。

こういう事がありました。これを「能吏」と言っていいかどうかは分かりませんが、当局にとっては有能な人物なのだと思います。手紙を4通、ほぼ同じ物を出しました。ポストに入れてしまえばひょっとしたら何でもなかったのでしょうが、郵便局員に手渡ししました。すると局員は一々それを測り、一通だけ、1グラム超過しているから、あと10円はらえといいました。丁度持ち合わせがなかったので返してもらいました。目方がキリキリだからと思い、予め測って持っていったのに、私の秤が一寸狂っていたのでしょう。中身は全く同じものなのに、こういう有様でした。後で10円切手を貼ってポストに投函しました。僅か10円のことながら憮然とした気持ちになりました。これは優秀な局員なのでしょう。

以前にも、貼ってあった切手が少し欠けていた事がありました。不注意に切り取ったため隅っこが0.5ミリくらい足りなかったのです。それを局員は見つけて駄目だと言いました。その時は随分腹が立ちました。決して不正しようとしたわけではないのに、いかにも不正行為のように咎められたのです。

小泉さんの郵政改革の結果、宅配業者がメール便と称する物を取扱うようになり、かなりの重さの有る物も80円の封書並みに配達してくれるようになってからは、郵便局は出来るだけ敬遠するようになりました。

聞いた話ですが、同じような経験をした人もいるようです。一々郵送する物を測り、それに応じて料金を請求するのは、係員としては当然のことでしょう。しかし、宅配業者はそれを目分量でやり、一寸くらいのことは気にしない。それが気に入ったし、杓子定規にはほとほと嫌気がさしたと言って宅配業者に変えたということです。さもありなんと思います。

宅配業者は集荷もしてくれます。それも嬉しい。特に重い物が沢山あるときは有り難いと思う。それで最近はもっぱら宅配の方を頼んでいます。便利であることと、能吏の不愉快さが無いということもあってです。今の気持ちでは、お役所気分の抜けない日本郵便には出来るだけ世話にならないようにしたいと思っています。

〔2014.3.17　2014.9.29 補訂〕

私の仏教 ―― 瑞龍寺

高岡山瑞龍寺と言えば、そのリーフレットには「国宝」と冠が付いている高岡の美しい名刹である。この九月、縁あってお参りすることが出来た。

山門、仏殿、法堂は何れも国宝、重要文化財の総門と共に一直線上に配置され、庫院、禅堂、浴室、東司と七堂伽藍が整備され、それぞれが回廊で結ばれている。山門前は白砂が敷き詰められており、山門を一歩くぐると目に鮮やかな緑の芝生。塵一つないと言っても過言ではなかろう。

加賀二代藩主前田利長の菩提を弔うために三大藩主前田利常に依って建立された江戸時代初期建設にかかる。名匠山上善右衛門が心血を注いだ建物群である。

と、以上は観光案内のような物である。確かに美しい、目を見張る美しさである。しかし、全部を拝観させていただいたなかで、ちらっと一人の坊さんを見かけただけである。ほかに、そこには坊さんの姿がなかった。後で、受付で聞いたら、居るのは二人だけだという事だった。見かけたのは、そのお一人だったようだ。

淋しいことであるが、つまりはこんな有様、立派な禅堂はあっても、そこで修行する雲水は居ない。坐蒲《ざふ》だけは沢山ある。研修会などで此処を使って参禅する人のためのようだ。庫院では大きな竈があるが、最近使われた形跡はない。高岡市や地元のボランティアさん達が観光の案内はきめ細かくやっている。夜のライトアップなどもあるし、正に観光寺院である。

この瑞龍寺に限ったことではないと思う。他にも、高岡市内の大寺院を訪ねたが、何処でも坊さんの姿は見かけなかった。高岡市内のお寺でそうであるだけでなく、京都にしても、現に活発に宗教活動をしている所もあるが、そこに住まって修行している坊さんが殆ど居ないところも多い。

一度訪ねて驚いたことがある。日蓮宗の本山の一つに列しているお寺（日蓮宗には本山と称する寺が四十九寺もあるそうである）、前もって手紙でお邪魔する旨をお願いしてあったが、誰もいない。境内は駐車場みたいになっていた。十時になって、塔頭から一人のお坊さんが来て鍵を開けてくれた。本山と名乗っていながら、そこにいる坊さんはないのであった。だから、瑞龍寺に限ったことではない。言い方は悪いが、既に抜け殻同然になったところを、今、観光資源として利用している姿である。私は、曹洞宗の僧として一抹の淋しさを感じたが、これが現実、過去の姿を残して顕彰するのも、一面大切なことかと自分を納得させた。

ただ、これは寺に限らず、歴史的な建造物で、守り手が居なくなったような施設は、地元ボランティアが大きな役割を果たしているようだ。今日の中日夕刊に、北海道五稜郭を模して造られた長野県佐久市の洋式城郭龍岡城五稜郭の事が載っていた。観光地にはなっていないし、寺などとは事情が違うが、過去の遺産を受け継いで行こうとする姿勢には、同じものを感じる。

〔2014.9.30〕

私の仏教 ―― 目標

何事も、目標を立て、それに向かって邁進しなければ成果は上がらないという。逆に、明確な目標があれば、その実現に向けて努力できるというのもよく分かる。「目標を持つ」というのは大切のことのようだ。

こんなふうに他人《ひと》事のことのように言うのは、実は、私自身一体どういう目標を立てたらいいのか、些か迷っているからである。もう、二度の定年を迎え、目下、年金生活者。今年、後期高齢者の仲間入りをする。健康維持は生きている限り最重要なことは理解できる。自分の意志で日常生活が営めなくなったら、自分も嫌だし、世話をする人達にも迷惑千万だろう。だから、最後まで、健康でいられることは何より求められることは確かだ。いわゆるＰＰＫぴんぴんころりということは理想だろう。

健康維持のために、運動量を確保しなければいけない。そのため、私もスポーツジムに通っている。やはりそこでも目標は何かと聞かれる。若いスポーツマン達も来ているが、彼らは明確な目標を持って鍛えるべき所を鍛えている。多くの年寄り達も来ている。おしゃべりをしに来ているのではと思われる人達もいる。風呂にはいるのが目的だという年寄りもいる。医者に減量を勧められたという人もいる。自転車漕ぎをしながらゲームを楽しみ、足は殆ど止まっているような人達もいる。でも、家にいて何か食べながらテレビを見ているよりはいいのだろう。それを見て色々あらぁねと思う。そう言う自分はどういう目標を持ってやっているのだろうか。健康維持と言いながら些かマンネリ化している。

定年後も私どもみたいに学問の世界に身を置いていた者には研究に勤しんでいらっしゃる方もいる。次々著書を公刊される方には脱帽、敬服の他ない。私自身も、一応計画は立てた。しかし、いつまでにしなければならないというタイムリミットはない。どうしても、今しなければということに時間を取られてしまう。私は、今、『分類語彙表』というものの最初の版（元版 1964 年刊）と増補改訂版（新版 2004 年刊）の意味コードの比較をしている。こんな事を言っても、「何それ？」と言う方が大半だろうけれども、説明は簡単でない。しいて、言えば、『分類語彙表』は一々の言葉に、その意味に応じた番号を割り振った意味分類辞書のようなものであるが、元版と新版ではこの意味分類に違いがある。つまり、意味コードに差がある。この比較をしているのである。何のためにか、と聞かれれば、これまた、答えは面倒である。ただ、新版と元版の比較ということだけでも、それなりの意味はあろうと先ず申し上げておく。

『分類語彙表』は、ある語彙の意味分野別構造を示すために、その一々の語にその意味分類コードを付ける基準になる。元版で付けたコードと新版のそれとが違っては比較できない。然も、もう元版は無いから、以前元版で付けたものを新版のコードに転換しなければいけない。そのための作業である。もう、一昨年の10月頃から始めたが、中々進まない。この3月に何とか、これを纏めた上で話をしようと思うので、何とか、そういう目標を持って進めている。現在、比較作業自体は九割を超えた。あと少し。

これは、曲がりなりにも、そういう目標があって進めているが、それが済んだらどうしよう。それはその時考える。

目標を持つこと、それも反社会的な事ではなく、出来れば有意義なものであることに越したことはない。大きな事から小さな事まで色々あると思うが、是非ともこれは、という目標を持ちたいものである。

〔2015.1.24〕

私の仏教 ―― 自責

今年八十三歳になる一人の老人、１９５９年12月14日の新潟港から、「万歳」の大合唱の中で、北朝鮮への帰還事業の第一陣を感無量で見送った人だ。船の上から必死で手を振っていた人達の表情が忘れられないという。

共産党員だったこの方は、社会主義国家の未来を信じていた。全国から新潟に集まってくる在日朝鮮人たちは、祖国へ帰還できることで、高揚感に包まれていた。その中に一抹の不安に顔を曇らせた日本人妻達もいた。「向こうに行って大丈夫か、行ったきりになることはないか」という質問にも、「心配しなくて大丈夫、日本人妻は優遇され、直ぐにも帰ってこれる」と迷うことなく答えた。

しかし、二年を過ぎる頃から疑問を感じ始めた。北朝鮮労働党幹部の尊大な態度、渡った人達から、石けんを送ってというような生活の窮乏を思わせる手紙が着いていた。64年には、北朝鮮に渡り、統制された監獄のようなその内情を見たが、未だ、暫く北朝鮮礼賛を続けた。

しかし、帰還事業の一時中断した67年、嘘をつき続けることが嫌になって手を引いたという。

この事業から一歩離れてみていると、「帰還船で帰った人達を地獄に追いやったようなものだ」との自責の念に駆られ、拉致被害者救済の運動に身を投じた（以上、中日新聞 2014.9.8 の記事）。

この老人のように、自らの行いを反省している人が居る一方、当時、この事業にかかわった政党関係者、政治家達から反省の弁は寡聞にして聞こえない。

話は変わるが、いわゆる従軍慰安婦問題を惹起し、日本人や日本政府にとって、とんでもない苦労を強い、世界に日本のイメージを失墜させ、大損害を与えてきた朝日新聞、社長の辞任くらいでかたが付く物でないし、「多大なご迷惑を掛けた」という通り一遍の謝罪だけで済むものとも思えない。良心の呵責に悩まされている人達もいよう。是非、大々的に社運をかけて「捏造記事を作った罪」を全世界に告白して欲しい。

アメリカでは、この問題が大きく報道される以前から、日本の戦争犯罪をほじくり出そうと、850万頁にも及ぶ文書を調査し、結局何も出てこなかったと、残念がっているアメリカ人や韓国人達が居る。本当に、歴史の真実を知るのは難しいことだろうが、捏造記事を信じて、日本を責めようなどという魂胆はやがて自壊するだろう。そう願う。

この最初の老人のように、何も疑わずに信じてやったことも、それが間違いだったと反省、自責の思いに駆られ、遂に、拉致被害者救済の運動に身を投じた人もいる。生きた人間の良心というものだと思える。

〔2014.12.6〕

私の仏教 ――健康の指標

最近、人間ドックはじめ、種々の健康診断の結果の数値についての議論が聞かれる。例えば血圧について言えば、以前は高い方が140以上を高血圧と言っていたのが、どんどんその数値が下がって今では130でも注意される。その、適正血圧の数値が随分揺らいできている。

私自身、35歳過ぎから強制的に人間ドックで健康診断を受けさせられてきたが、最初の時、最高が140を一寸越えていたのを鮮明に覚えている。その時の医師には、薬を呑むほどではないから食事に気をつけろと言われた。その後もう40年になるが同じような血圧、自分で測ってみるが、その時々で随分浮動する。時々150を越えるようなことがあるが、落ちついて計り直してみると130台、或いは、120台に成る。しかし、何回測っても高いときもある。かといって別の日には120台、ひょっとすると110台、100台のときすらある。自分で測るのは余りあてにならないのかも知れない。高いときに何か自覚症状があるかと言えば、それは無い。逆に高いと心配して気分的におかしくなることもある。

60歳の時、それまで何も運動をしていなくて、随分からだ中が硬直してきた。以前からあった肩こりがたまらなくなった。近所にオープン予定の空手道場があった。それで、エイヤッとやれば多少は肩こりの改善に役立つかと思い、尋ねてみた。「多分いいと思うよ」と言う師範の言葉を頼りに入門した。普段はいらっしゃらないが、何かの時には来られる最高師範は整体もやってくれた。曰く、「おまえは、血圧が高いから、ウォーキングをせよ」と。首の血管を触ると分かるらしい。それから、言われたとおり来る日も来る日も毎日40分、早足で歩いた。家から四方八方に歩いて行って、大体26００歩当たりで引き返してくると丁度良かった。大方どこから何処までが、何歩というようなことを覚えた。そんなことはどうでもいいが、ほぼ2年欠かさず続けた結果、思わぬ副次的効果があった。体重には僅かな変化しかなかったが、始めたとき、お腹周りが90センチを超えていたのが、70センチを切った。多少リバウンドはあったがウォーキングを止めた現在も70センチちょっとである。血圧も健康診断の時、歩いていって直ぐに計測したりすると高かったりして、要精検などと言われたことがあるが、かかりつけのお医者さんで測って貰うと、何と言うことはない。お医者さん曰く「測り方が下手だ」と。ついでに、そのお医者さんは、この頃は130で高血圧などと言って薬を呑ませるが、医者と薬屋が結託した陰謀だと。確かに、素人には確かにそう思える。

今回、「これが『健康な人』です」という見出しで出ていた記事（中日新聞2014.4.5）は、見方に気をつけなければならないが、血圧、コレステロール、HbA1c、中性脂肪、γ-GTPの値が表示されている。人間ドック学会の示す基準値よりかなり幅が広い。此で自分は大丈夫と思ってはいけないだろうが、逆にビクビクしなくてもいいので気休めには成る。気休めではいけないかも知れないが、気にするのが、一番体に悪いと思うので、これもいいと思う。ただ、個人差があるし、何か持病が有れば、やっぱり気をつけるに越したことはないだろう。

その新聞には生活習慣病関係の医療費が1年で10兆円になるという。気を付けなければならないと思う。医療にお金を使うのは国民にとって大事なことだが、国民一人一人が気をつけて、なるべく生活習慣から来る病気にならないようにすることは大切だと思う。

〔2014.6.17 2015.1.20 補訂〕

私の仏教 ―― 獅子身中の虫

反日日本人、そんな人達がいる、ということを改めて認識した。

確かに、ミソもクソもひっくるめて何でも自分の国のことはいいというのもどうかと思う。どこにでも、いいことと悪いことがある、悪い点について反省することは必要であるが、自分の国のことをあしざまに言い、然もそれを外国に向けて言いふらし、日本を貶める必要は微塵もないのではないだろうか。

過去の戦争犯罪について、我々は嫌というほど聞かされてきた。外国政府の中には今もそれをネタにして日本を脅し、外交問題にしてゆすっているとしか思えないところがある。ある意味哀れになる。これでは未来に向けて友好的に付き合うのは難しいのではと思える。然も、一寸言いにくいけれども、今の我々は過去の戦争犯罪に関して責任の持ちようがない。開き直れば、戦勝国にはそういう戦争犯罪はなかったのだろうか。負けたためにいつまでもいたぶられているような気がして成らないが、どうだろうか。こんな事は将来に向けては害にこそなれ、決してプラスには成らない。過去、日本政府は何回となく謝罪を繰り返してきた。それでも、きちんと過去を清算していないと言われる。我々国民としてはそんなことを言われては堪らない気になる。

今なお問題になっている、いわゆる従軍慰安婦のこと、日本のイメージをどれだけ損なったか、韓国はこれに乗じて日本を責め立てているが、韓国政府をも誤らせているのが、間違った記事を載せた朝日新聞の罪だった。朝日新聞社は謝罪したけれども、簡単にそうかといって許すことが出来るような問題ではなかろう。

アメリカの各地に「慰安婦像」なるものが造られ、日本が彼女たちを性奴隷にしたというような文章が添えられているという。アメリカの中でもその誤りを指摘する声が段々高まってはいるが、一旦作られた物はなかなか撤去されない。何も知らぬ人々が、日本を酷い国と思うことになるだろう。事実あったことならともかく、でっち上げられた誤った歴史なのである。歴史を重視しろと言っている人達が、自分の都合に合わせて歴史を作り替えているとしか思えない。こんなことをさせた元が朝日新聞の間違った記事なのである。

最近の問題で、もっと許せないことがある。朝日新聞の社長が交代したくらいで、納得できない。福島原発事故の報道である。事故の起きた現場で頑張っていた人をこれほど愚弄することはない。その記事は外国に広がり、日本人が、原発事故現場から逃げたという謂われのない誹謗中傷を招いたのである。その実、現場に残った人々はいかに対応したらいいか、懸命の模索を続け、命がけの仕事をしていたのである。これを、「所長命令を無視して逃げた」などと言われては溜まった物ではない。この間違った悪意ある記事を書いた記者の責任は言うまでもなく、それを認めて新聞に載せた責任者、この人々は一体何を考えているのか。どうして、こうも日本をあしざまに言いたいのか。正に、獅子身中の虫、私は右翼ではないが、こんな事を知ると、許せない気持ちになる。
ある経済学者が言っていた事が耳に残る。あるインテリの人々は自分はみんなとは違う、ちゃんと批判精神を持っているのだということをひけらかさんが為に反日的言動をもてあそぶのだと。そうかも知れない。政府批判はするがいい、選挙の時に行動すればいい。しかし、日本そのものを貶めるような言動、外国に、日本を貶めさせるような言動は、いかに言論自由とはいえ、慎んで欲しいものだ。それが、結局は日本のために成るということならばいざ知らずであるが。

〔2015.1.20〕

私の仏教 ―― 病人の気持ち

いろんな場面で、その人の身になって考えなさいと言われる。そのこと自体至極当然で特段言うべき事はないように思う。私は以前、「質礙《ぜつげ》」という言葉について面白いなと思い、何かにつけて今も思い出す。確かに、立体的存在であり、時間的存在である我々、決して、同時に同一箇所を占めることは出来ない。車同士が、同時に同じ場所を占めようと思えば衝突そのものだ。別々の場所を占めているから、存在できる。「質」が「礙《さわ》る」わけである。つまり、他人の立場は想像力を働かせれば理解できても、他人の立場に同時に立つことは物理的には出来ない、ということである。

この伝で行けば、病人の立場に立つことは出来ない。そんなことを言っては身も蓋もない。やはり、想像力を駆使してその立場、その気持ちを忖度しなければならない、これが、まともな人間の取るべき態度である。気持ちを理解すること自体、質量があるわけではないから出来るはずである。しかし、なかなか難しいことである。

こんなややこしいことを言うつもりではなかった。

私はこの正月、今までになかった嬉しくない経験をした。暮れに、子どもの七回忌の法要後の会食をしたとき、真ん前に風邪引きが居た。結構にそれを貰ってしまった。医者に行かなかった所為も有ってか、完治するのに、三週間近く掛かってしまった。それで、大げさだが、病人の気持ちが良く分かった。それが唯一の収穫だった。今まで、学校ででも、御経に行ってでも、風邪引きには沢山出会っていた。しかし、一度も、その風邪を貰ったことはなかったのだが、今回は駄目だった。正直、年齢を感じた。

大した風邪でもなかったのだけれども、その大したことのない症状がある内は、気力が沸いてこない、つまり何もやる気がしない。頑張って……と言われても頑張る気がしない。それが病気そのものだと思い知った。だから、病人を励まそうとして、「元気を出してね」とか「しっかりしてね」などと言うのは禁物だと思った。第一、元気が出ないのだし、しっかりも出来ないのだから。それが病気なのだから。

よく、テレビやラジオでお医者さんが病人のことを言う。如何にも分かったようなことを言うから、偉いものだと思う。ほんとに、自分でも患った人なのだろうか。そういう教育を受けるのだろうか。

人と話していても、歯を悪くしたことのない歯医者さんには掛かりたくないねという話題になる。そう言えば、体の丈夫な人は同情がないということが徒然草に書いてあったと思う。

〔2015.2.7〕

私の仏教 ── ローカル線の旅

一寸、季節外れになったが、二月中頃のことだ。岡山県山間部の旅で見たこと感じたことを書く。

通常、新幹線とダイヤ上一応の連携を持っているが、事故でもあれば、全然対応は取れない仕組みのようだ。関ヶ原辺りの雪で新幹線が遅れることがよくある。ラジオのニュースで10分くらいの遅れでもうるさく放送している。なぜそこまで?と思っていたが、その遅れが致命的なことが、この旅行で身に染みた。時間を気にしないでいる都会暮らしの者には分からないのだ。

名古屋発、朝9時13分の新幹線が岡山に20分遅れて着いた。ここから智頭急行で智頭まで行き、そこから戻って美作加茂へ行く予定だった。智頭まで距離は100km、時間にして1時間20分、そこから美作加茂まで25kmほどを40分掛けて逆戻りして1時半に到着する予定だった。この予定は全部ご破算。取り敢えず一番早く出るのに乗って津山まで。津山までは58km、これを1時間40分掛けていく。途中対向列車待ちで10分くらい2回止まった。のんびりした二輌連結車。乗客はぱらぱら、一輌で十分だ。開けた田園地帯では、元々は田圃だっだろう所に新築の家がかなり沢山建っている。大抵ソーラーパネルを屋根に乗せている。その日は上天気、たっぷりの日差しを受けている。邪魔するもののないこういう所では天気さえ良ければ、発電効率はいいだろう。そういうところをひた走ると言いたいが、確かに走るときには、猛烈に走るが、大体はゆっくりゆっくり。道路と並行して走る車に抜かされるか、どっこいどっこい。

天気はすこぶる付きの上天気。開けた一集落から、次の集落間には列車の中からはよく分からないが、小高い丘でもあるのだろう、その間を切り通しのように掘削されたところを通る。時には、間近に崖が迫っているところ、申し訳程度に金網がしてあるが、崩れればひとたまりも無かろう。なだらかな斜面が続いているところもあるが、昨今の土砂災害を見聞きしている身には、大雨の心配がよぎる。そこを通り過ぎればまた、同じような、大小の集落を通過していく。乗客の乗り降りは殆ど無い。たまに降りる人はあっても、乗ってくる人には気づかなかった。

多くの新築のなかに、元、茅葺きだったのをトタンで覆い、メタリックに塗装した屋根が所々に見える。総じて、のどかな風景、大した高低差はないようだ。まっすぐ走っているように見えて、かなり曲がりくねっているらしい。背中から射していた日がいつの間にか、前から射している。緩やかにカーブしている。あるところは川に沿って走る。

珍しいものを見るように、窓から両側を飽きずに眺めていた。所々かなり賑やかな所もあったけれども、列車の窓から見た限りでは、津山市街地にはいるまでに、コンビニは一つ目に入っただけだし、交通信号も二箇所しかなかった。正にのどかな田園風景、それに、最近の新築住宅だった。

たまに見る者にとってはのどかな風景だが、そこに生活する人にとってどうか。通勤通学の大変なことは直ぐ分かる。車は必需品になる。鉄道がこんなに間遠では、物の役に立つとは思えない。通勤通学時はもうすこし数は多いのだろうが、この不便さ、遅さ、これでは車に太刀打ちできまい。

今や、都会では、電車に乗るのに、時間を気にすることなどは、殆ど無い。余程特殊な場合以外、10分も待てば乗りたいのに乗れる。ところが、ローカル線はそうは行かない。今回も、乗る予定の列車は、10分前に出てしまっていた。次は2時間以上待たなければならなかった。それで、上に書いたような列車に乗ったが、未だ、目的地美作加茂までは、距離は僅かだが、またまた2時間近く待たなければならない。待てないのでタクシー。

帰りは姫路経由。同じ姫新線なのに、幾つか途中でぶった切って運行している。知らぬ者には、線が別れているか、方角が変わるのかと思うが、同じ線の延長上。通して運行すると、無駄になることがあるのだろう。乗客の中には、何回も乗り換えしながら、最後まで一緒だった人も何人かいる。新幹線中心の世界と、在来線の世界は丸で別物のようだ。

〔2015.2.15〕

私の仏教 ―― 化石人間

少欲知足と言えば格好がいい。しかし、この頃、欲しい物が無くなった私は化石人間と自嘲している。したいこともあまりないし、見たいこともないし、行きたいところもない。誠に残念で困ったことだ。

十年くらい前、自動車を止め自転車にしてから、しばらくは自転車関係の色々な物が必要になった。手袋、眼鏡、時計、ヘルメット、シャツ、自転車用ウェア、その夏冬、腕、脚の防寒用腕輪と脚輪、靴、自転車そのものの部品、ブレーキシュウ、タイヤ、チューブ、リム、それに本体のオーバーホール、等々。自転車で一番困るのが、パンク。始終するわけではないから、なかなかそのチューブ交換には馴れない。運が良ければ、一年以上パンク無しということもある。逆に一週間に3回もパンクといったこともあった。最近は、自転車用のウェアにしても、もう十分ある。もう特別必要な物が無くなった。

自動車関係の広告には勿論目が向かない。車に乗っていたら、今も相当の出費だろうと思うが、お金を使えないのが、逆に残念だ。

身のまわりのことで、よく広告に出てくるのが、髪の毛のこと。多くの人達が、男も女も髪のことで苦労しており、お金を使っている。髪の毛そのものにも、養毛剤・育毛剤にも、髪を育てる食べ物にも。そして、毛が有れば有るで、美容室・理髪店でのお手入れ、整髪料等々。髪の毛に使うお金も相当だが、私は幸か不幸か、丸刈り、毛は未だ全部生えているから、養毛も育毛もしない。鬘も要らない。毎日のように風呂で剃ってしまい、要るのは石けんだけ。この関係の出費も僅か、剃刀の刃代くらい。

着る物は、以前から殆ど買う必要ないほどある。いい物はないが、いい格好をしようと思わないから、わざわざ買うことはない。それに、死んだ子供達が着ていたのも、捨てるに忍びなく、私が着ている。それに名前が書いてあるので、思い出しながら着ている。強いて買う必要のあるものは、下着類。最近は、暖かな物があるから、そういう物は買う。でも知れている。

旅行にはお金が掛かる。しかし、家内が何処にも行きたがらない。私も一人では行きたいと思わない。映画を見る習慣がないから、映画館にも行かない。芝居を見る趣味もない。せいぜいラジオで、寄席の番組を聞くくらい。

博物館や、美術館にも余り行きたくない。若い頃に、行くと一生懸命見て、くたくたに草臥れた記憶があり、それがトラウマになっているのかも知れない。

テレビ放送も、見るのは、ニュースと天気予報くらい。この頃ろくなニュースがない。そうするとそれもすっ飛ばす。最近特に、夜のラジオ番組で、以前は楽しみにしていたのが、変な時間に移動してしまい、聞けなくなったのは悔しい。全く、訳の分からない番組を3時間も4時間もぶっ通しでやる。これで、受信料を取られるのだから堪らない。そう言えば、新聞も読みたいところが少なくなった。広告の多いこと、多いこと。広告チラシも一杯ついてくるが、パチンコ屋の宣伝、マンションの広告、スーパーの安売り等々、見ても何も食指が動かない。

テレビでも、インターネットでも本当に種々の物が安い安い、もっと買えもっと買えと言っている。しかし、もうそんなに欲しい物がない。

グルメの広告も多い。テレビは料理番組だらけである。色んな食べ歩きの番組も多い。どんどん食べさせて、一方でダイエットの話、何となくばかばかしいような気がする。世界には、まともに食べられないところもまだまだ沢山ある。罪作りな番組だ。

ただ、今の日本は戦争がないだけ幸せだ。欲しい人には幾らでも欲しい物があるのだから。でも、物を粗末にせず大事にしよう。世界には沢山困っている人が居るのだから。

私の出来ることは限られている。この有り難い世の中に居られることに感謝して、僅かなことしかできないが、貧者の一灯と思い、学問の発展を念じて基金を作り、病気に悩む人達のために、心ばかりの化石人間としての協力をし、精神障害者授産施設の運営に協力している。

〔2014.2.2　2015.5.30 訂〕

私の仏教 ―― コピペ

コピーアンドペーストということで、先刻ご存じの方も多かろう。

このコピペがもう十年以上前から、問題になっている。コンピュータ社会になり、論文など手書きではなく、電子化してからの顕著な現象だ。以前も、今ほどではなくても、無断引用、盗作ということはあった。それが蔓延しているのだ。科学論文となると、コピペは科学者としての誇りと自尊心、良心を放擲することになる。

もう、今となっては旧聞に属するのかも知れないが、世を騒がせたスタップ細胞のこと、私には、調査結果が公表された後も、未だ釈然としないことがあり、よく分からないのであるが、その、中心人物小保方さんの学位請求論文にコピペに類する不正があったとか言われていたが、騒ぎになった後のことで、些か、後味の悪い報道だった。マスコミのあら探しだ。

修士や博士の学位請求論文の審査の際にも最近ではこのコピペに騙されないように注意が必要になってきた。必ずしも量的な多さは問題ではないかも知れない。量が多くても中身のない物、逆の場合があるが、文系論文では、量の多さも論文の重さを増すことがある。

あるとき、やたら分厚い修士論文に遭遇した。はっきり覚えはないが、厚さが、十五センチか二十センチもあったように思う。手書きではない。手書きだったら、持ちきれぬ量だろう。労を多とするべきなのかも知れないが、子細に読むと同じ記述が何回も何回も出てきて、食傷した。未だ、この問題が余り騒がれていない頃のことだ。今思えば、このはしりだった。

審査員の中には、コピペを発見するのがうまい人が居る。口述試験では殆どそのことに時間が費やされることがある。最近は、レポートなどにもインターネットからのコピペや、カッペ（カットアンドペースト、つまり、切り貼り）などということが日常茶飯になっている。その発見ソフトもあるという。幸か不幸か、私自身が受け取ったレポートにそれらしき物はなかった。偶に、何か見覚えのあるような文だなと思って終いまで見れば、私自身の論文の引用だったりした。同じようなことをしている研究者が他に殆ど居ないので、インターネットで検索しても必要な情報が、私の論文しかなかったのだろう。それはそれで、学問の現状として、淋しいものがある。

ともあれ、昔から、無断盗用は詐欺であり、褒められることでは勿論ない。今、コピペが研究者や学生が自分で考える力を殺いでいるとしたら由々しい問題である。使い方によって便利なことも、心して間違わないようにしてほしいと思う。

〔2015.5.30〕

私の仏教 ―― ヒデが死んだ

よく頑張ったが、とうとう死んだ。苦しかっただろうに。何も言わずに死んだ。丁度三年前に、飛び回って遊んでいた最中に痙攣を起こして倒れて以来、物は何も言わなくなった。その前から無口になっていた。あんなに、よく喋って皆を笑わせていたのに。もう、病気が始まっていたのだった。病院の先生も、よくこの病気でこの年まで生きてきたものだ、皆さんの世話のお陰だと言ってくれた。確かに、みんなに可愛いがられた。もう、十歳のくらいの頃から、発症していたらしい。確かに、小学校も高学年の頃には、それ以前の精彩を欠いていた。

それでも、小学校の友達たちが見舞いに来てくれるのは嬉しかった。

先週水曜日の三時半近くに、様子がおかしいと知らせを貰い会議を休んで病院に行った。翌朝も危なかったがやや持ち直していた。その間に、小川先生や鬼頭先生*が来て下さった。芳典**に知らせるチャンスを失ったのは悔やまれるが、仕方ないことだった。

かなしい。かなしいことはこの上なく悲しいが、治りもしない病気では長引かせるのも気の毒だ。タンの吸引だけでも辛そうだった。いろいろ管を付けられていたのも可哀想だった。自分はそうして貰いたくない。

とにかく、ヒデ君の声が聞けなくなって久しい。淋しい、悲しいがヒデ君は楽になったと思えば、喜ばねばならぬ。ヒデ君の分も替わりに頑張らなくては。

苦しみから抜けることは、悲しみに入る事だった。

〔1998.7.21〕

（後で知り、暗合を思った。奈和***の婿さんが、ヒデの息を引き取ると同時刻に、小牧からカナダに向けて飛び立っていたのだった。）（これは、死んだ直後に書いたメモ。その翻字である。これをメモから翻字するだけで、涙がとどまらなかった。今日、超関大和尚****の41回目の祥月命日の日に）

〔2015.7.9〕

*ヒデ君の小学校の先生が、鬼頭先生、中学校の先生が、小川先生。

**ヒデ君の兄、私の長男。当時、愛媛県の瑞應寺尼安居中だった。

***ヒデ君の姉。

****私の父親、天澤院二十五世。

私の仏教 ―― ヒデがとうとう逝ってしまった

〈一寸古い話ですが、メモが出てきましたので、その通りに書きます〉

かえってヒデとしては得をしたとは思うものの、一月経ち、七七日の法要を済ませた後にも、ヒデのことを人に言うと声がつまる。

ヒデは私にとって何だったんだろう、ヒデはどう思っているのだろう、どう思っていたのだろう。時に「そんな」と言って抗議めいたことを口にはしたが、怒ったことなど無かったと思う。一人しゃべりで、人を叱っている口ぶりはあり、怒ることを知らぬ訳では決してなかった。「ケンちゃん、駄目じゃないか」「もっとしっかりして」などと言っていた。どこからケンちゃんが出てきたかは知らないが。

今日も、ロウソクに火を点けて、マッチを吹き消した途端、ロウソクの火も吹き消してしまった。ヒデはきっとこの失敗を手をたたいて喜んでいるだろう、目に見える。

ヒデは早く死んで、つくづくよかったと思う。生きていて治る病気ならいいが、何の楽しみもなく、苦しみだけがあるのなら、俗にいう楽になった方がいい。肺に水が溜まって苦しかったろう。タンがからんで息苦しかったろう。寝たきり三年（正確にはほぼ二年半）一度も、泣いたことも喚いたこともない。時に高熱で入院したりしたことはあっても、何一つやんちゃを言って困らせることはなかった。何もかも弟の昌典が先で、後回しになっても、苦情一つ言わなかった。昌典は養護学校の先生がずっと来てくれていたが、ヒデには中学を出たことになっていたので、養護学校の先生が来てくれることはなかった。時々元担任の小川先生と同級生の戸次さんや井倉さんや淺野君が来てくれはしたが。ヒデは、耳は聞こえていたように思う。分かったら目をパチパチしてと言うと目をパチパチしたように思った。気のせいかも知れないが。

養護学校の堀江先生は、それなのに昌典だけを相手にして、ヒデは私の生徒ではないと言わんばかりに声一つかけない。時々お早うとかさよならは言っていたが。母さんも、いつも昌典が先、私がいつでも世話できるわけではないので何とも文句も言えないが、実に可哀想だった。昌典は目はぱっちりとあいているが、見えてもいないし聞こえてもいなかった。それを聞こえるような気がする、分かるような気がすると言って喜んでいた。奇妙な物だ。

十八年の人生は何だったのだろう。随分色々なことがありはした。十八年と言っても正味は十五年弱。三年は口から食べていない。

まだ歩ける頃、もう昌典が鼻注になっていた頃だから、四年一寸前か、私は、悪いことを聞いた。そのころ、ヒデもいつも元気なく、昌典の側についていて、昌典の鼻注の様子を見ていた。おまえもこうしたいのかといったら、ウンと首を縦に振った。そうなってしまった。本当に悪いことを聞いた。もう、その頃から、あまりモノは言わなくなっていた。思春期の所為かと思っていたが、この病気

ＡＬＤの所為だったのだ。前頭葉をやられ、気力を失っていたのだった。食べる気力すら失っていた。

思い返せば、実に色々なことがあった。生まれ落ちる前から、色々あった。

（この手記、物を整理している中で、ヒデの物が少しあった。その中にあった原稿をそのまま翻字した。多分、平成10年の秋頃書いた物だ。）

〔2015.7.9〕

私の仏教 ―― 年々歳々花相似たり

歳々年々人同じからず。

言い古された漢詩の一句だ。正に世相を如実に映していたから、もてはやされたのだろう。私も、昨年後期高齢者の仲間入りをした。今まで生きてきた目でこの世の中を見ると、正にその通りと思えることと、そうでないことの両方有るように思える。人の世の移り替わりに変わりはなく、激しさを増している。今や、若い人達とは、言葉さえも随分違ってきてしまった。何より、関心や話題が違うから、話を聞いていても皆目分からないことが多く、置いてきぼりを食わされたように思うことが、一再ならずある。これは、私自身の責任であることもあるが、多くの高齢者が抱く気持ちでもあろう。仕方のないことかも知れない。テレビの番組などにそういうことが多い。世界の政治情勢、経済環境も刻々と変わる。以前「昨是今非」という名の新聞小説があった。確か城山三郎の経済小説だったと思う。当時、そういうことがあるのか、と題名そのものにも違和感を覚えたが、今の、政治や経済を見ているとその通りだ。

この頃自然も歳々年々違っている。気象状況を見ればそれを肯《うけが》わざるを得ない。長期予報なるものが、どうも上手く当たらない。今年の夏はあんなに暑かったのに「冷夏」予想で、正にそれが当たったのだそうだ。確かに急に涼しくなったから、平均すればそうなのだろうが、東京などでは、記録的な猛暑日続きだったことを忘れられない。

旬の食べ物なども、時期が本当はいつなのか分からなくなった。スイカくらいは、真夏の食べ物という気はするのだが、それも、一年中果物屋の店頭にはある。今、この季節にしかない物といって探してもそうそう見つからない。柿くらいなものか。真夏に余り柿はない。いつぞや、インドネシアパジャジャラン大学のヒメンドラ学長の訪問を受けたとき柿をご馳走した。いたく気に入り、次回も柿を所望され柿のない季節で弱ったことがあった。幸い、ニュージーランド産があったが高かった上に美味しかったかどうか。キュウリ、なす、トマト、ニンジン、大根、……何でもいつでもある。

海産物にはそれでも季節を感じさせるサンマとか、カツオ、カニなど、また鮎などもやはり季節魚だ。しかし、これも総じて冷凍技術の進歩で季節感を失っている。その上、近海の回遊魚などは、日本の経済的排他海域に入る前にその外側で外国漁船の大量捕獲にあい、年々漁獲高は減少しているという。これも、冷凍技術の進歩で遠くまで漁に来ることが出来るからである。

花さえも、年々歳々同じではない。次々新種が出てくる。輸入花卉によって名前も知らない花々に囲まれている。在来の花は影が薄い。いいのか悪いのか。

〔2015.6.26〕

私の仏教 ―― 認知症

私が月参りに行くお宅でお相手する方は多くがお年寄りである。私も後期高齢者だが、一回り以上上の方も何人かいらっしゃる。全くお元気な方が多い中で、お子さんはいるけれども別々に暮らしている方もいる。その中のお一人、いつも、認知症のことを心配しておられた。私は医者ではないので、大丈夫成らないと保障することも出来ないが、そういう心配をしている内は大丈夫などと言ってお茶を濁しているほか無い。一人暮らしの老人には切実な問題である。

昨年のお盆のこと、そこにはいつも盆の前日に伺っていたが、それよりも前に月参りに来いと言われた。お邪魔して今日は盆の御経を読めばいいかと聞いたところ、「お盆？」と怪訝なお顔、いつもお盆に頂くお布施も「何？」と要領を得ない。

マンションでの一人暮らしだが、息子さんも娘さんも居る。これは、一寸お知らせしておかなければと思ったけれども、連絡先がまるで分からない。マンションの管理人にでも言えばいいかと思って、その管理人を捜したが、そのマンションには管理人が居ない。連絡のしようがないのだ。そうこうしているうちに、その方から翌月電話があって、月参りに行った。若干違和感はあったが、そう心配しなくてもいいと安心していた。

その後は一向に連絡無く、年が変わった。一月もやはり連絡無いので、此方から電話をしたが、とんちんかんな受け答え。弱ったなと思っていた矢先、息子さんから一度相談したいと電話。経緯をお話しした。いわゆるまだらぼけ、いい時と悪い時があるようだ。

ただ、私の経験で完全に全くぼけきってしまったように見えた養母の例があるので話した。骨折治療の後、快復し、いつも散歩していた。その散歩の途中転んで起き上がれなくなり、近所の医院に入院。驚いたことに、骨折の手術後、痛み止めを一年以上飲み続けていたらしい。その所為で、何かの成分が多すぎたのか、少なすぎたのか、もう忘れてしまったが、せいぜい一週間か二週間の服用が普通だろうと思う薬をその何十倍も呑んでいた。いいはずがない。それで入院したのだが、途端に介護度4という重度のぼけになった。ところが、娘と一計を案じ、「あなたがしっかりしてないと家は大変なことになる」と危機意識を持たせた。びっくりするほど早く、普通になって、リハビリ病院に移った。その後紆余曲折はあったが、亡くなるまで数年の間認知症の再発はなかった。こういう治療法があるのかどうかは知らないが、確かにこれで母の認知症は治った。友達の中にも自分は認知症だとはっきり言うのもいるし、言わないけれども認知症に違いないと思える言動をするのもいる。

新聞の広告には、認知症に成りやすい人、成りにくい人などという本の広告が目にはいる。イギリスのサッチャー元首相が認知症だったということを聞けば、しっかりしていたから成らないとは限らない。自分が成るのか成らないのか、関心を持たざるを得ないし、不安に成らざるを得ない。予防方法はないのだろうか。人が避けて通れない四苦の内に「病苦」がある。病もなく死に至る人もあるのだから、願わくはそうありたいものだ。

折から、認知症患者が徘徊の末、電車にひかれる事故にあった結果、遅延などで起きた損害賠償を遺族に求めた裁判が最高裁で始まった。大変な不幸であり、その上遺族は損害賠償まで求められるという、現代の病理である。関心を持って裁判の行方を見守りたい。

〔2016.2.2〕

私の仏教 ―― 傾聴ということ①

こういう事について話をせよということです。今まであまり考えたことのないことでしたが、なかなか味わい深いことだと、気がつきました。

私のことは、一応紹介をいただきましたが、改めて申し上げます。

……省略………

「傾聴」とは、これだけなら改めて言うまでもなく、「耳を傾けて聞く」ということです。つまり、話でも音楽でも、なにも耳を傾けて聞かなくても聞こえてきます。それを聞こえるに任せるというのではなくその気になって一生懸命に聞くことをいうのであります。

英語で、hearといえば、聞こえるというだけですが、listen toといえば、あることに耳を傾けて聞くことを意味します。ちょうど、「傾聴」というのはこれに当たります。

さて、この頃よく話題になることですから、ご承知だと思いますが、元々「傾聴」と言えば、自分が何かを知ろうとして一生懸命人の話を聞くということでしたが、そればかりでなく、人の話を一生懸命聞くことによって、その人の孤独を慰めるということ、ひいてはそれがある種の癒し効果をもたらして、病気を治すことにもつながるということを聞きます。そのことを職業にしているのが、いわゆるカウンセラーです。親子のコミュニケーション不足からくる親子共の「傾聴」の必要性も無視できなくなりました。

最近では、専門のカウンセラーの他に、ボランティアとしてこの傾聴ということをしている人たちが居ます。ここで「傾聴」とは相手の心に寄り添い、向き合い、感じ合うことを方針としています。まさに「共感ボランティア」であります。縁起でもないと言われるかも知れませんが、死に直面している末期の癌患者ほか死を迎えようとしている人たちにどう立ち向かったらいいかを模索している、そういう傾聴ボランティア活動も展開されております。死を迎えようとしている人たちとその家族の、恐怖と不安と悲しみを少しでも和らげよう、患者と家族の心の支えになろうと、そういう人々の話に耳を傾け共感し、寄り添っている方々が居るのです。こういう「傾聴」ということの必要性が、この頃とみに叫ばれているのであります。

そして、これを必要としているのは何も、死を迎えようとしている末期の病人に限りません。話を聞いて貰いたい人は他にも一杯居るのであります。

このことはまた申し上げますが、一寸後回しにして、ひょっとして、学齢の子供を持つ親様方の関心はお子様達の勉強に関することがあるのではないかと拝察いたします。本当はそのことをメインにお話しすべきかと思っているのですが、つい「傾聴ボランティア」のことも今日的話題として重要なことだと思いますので、つい先に申し上げました。

もう一つ話しついでに申し上げると言うには重すぎるのかも知れませんが、私が常々勝手に考えていることでありますが、お釈迦様という方は、正にこの傾聴という事を通して、色々な人々に精神的癒しを与えた方ではなかろうか、それが後に「仏教」として体系化されてきたのではないかと素朴に思うのであります。

さて、学校での勉強に関して言えば、先ず、この、傾聴ということが第一に要求されることでありますます。およそ、言語活動は、話し、聞き、読み、書くという四つのことから成り立ちます。いずれも勉学において要求されることがらでありますが、まず、教師の話を聞くことから始まります。それも、ただ聞いているだけではいけません。まさに傾聴しなければいけません。そして理解する必要があることも言うまでもありません。しかし、聞いたことが全部分かるはずはありません。何かの授業に関して言うならば、大抵はテキストがありますから、それを前もってちらっとでも見ておくことが、その理解を助けます。いわゆる予習です。予習をしておけば、話を聞いてどこが大事なポイントか予め分かると思います。そうして、実際授業を受けて、それでも分からないことがあるはずですから、それは必ず質問すべきです。更に、復習ということも大変重要で、徹底的に理解すべきことを正確に把握しなければなりません。それでも分からないことがあるはずで、それは徹底的に質問して解決すべきです。

これは、建前論で、実際には中々こうはいかないと思います。最近の生徒さん達がどうかはよく存じませんので、自分が中学生・高校生であった頃のことや、今の大学生の有様を見て、一般的に申し上げるのですが、予習復習は徹底的に足りないと思います。授業が終わればテキストを閉じ、次の時間までは一度も開かない、第一自宅に持ち帰りもしない学生もいるくらいです。大学では一週間一回の講義の授業に半年で二単位が与えられます。確か、一単位は週三時間、ひょっとしたら、四時間だったかも知れませんが、の学習に対して与えられることになっています。と言うことは、一回二時間の講義に対しては、前後二時間ずつの勉学が要求されているのであります。ですから、実習授業などは、準備も、復習もありませんので、丸々三時間やらなければ一単位には成りません。体育実技など、同じ時間授業を受けても講義科目の三分の一の単位しかありません。演習授業はこの中間で、とにかく、講義の半分くらいの単位です。しかし、学生時代、演習の当番に当たると、一週間何も出来ないくらい準備にかかったもので、大変この単位制に不合理を感じたものです。しかし、当たらないときなどは予習も復習も殆どしないので、考えてみればそれでいいのかも知れません。建前として、予習復習までも単位に含まれているのであります。ですから、大学によっては、講義科目は一日一つだけ、それ以上は、物理的に無理だとして開講しないところもあると聞いています。受講制限をしているのもこういう根拠があるにはあるのであります。

ただ、建前でそうしていても学生がちゃんとそれを守るかどうかは全く保証の限りではありません。講義は聴きっぱなしというのがほぼ一般的ではないでしょうか。それが実情でしょうから、仕方ありません。ですから、せめて、講義科目では講義を「傾聴」して、理解できないこと、疑問については、必ず質問して、問題を解決して欲しいものです。

以上は、大学の授業に関してですが、最後に申し上げたことは、中学でも、高校でも通用することです。耳を傾けて一生懸命聞き、不明な点や理解できないことについては徹底的にその時に解決しておかなければ成りません。しかし、そうする生徒諸君は余り多くはありません。但し、現在の愛知中学や愛知高校の様子は知りませんので、今はそうでないのかも知れません。そうであって欲しいと思います。

私どもの中学・高校生当時を振り返ってみますと、全くこの建前とは食い違っていました。先ず、先生の言うことを聞いていないのは論外ですが、そういう生徒もないわけではありませんでした。私の居たのは一応受験クラス、と言っても、現在とは丸で状況は違いますが、それでも事情は同じようなことでした。私が、その頃でさえ、馬鹿なことをやってるなと思ったのは、国語の時間に英語の勉強をしていたり、物理の時間に数学をやっていたり、とにかく、その時やるべきことをせず、予習のつもりか何か知りませんが、ほかごとをしているのが結構いたことでした。これでは、その時間をまるで無駄にしています。傾聴どころではありません。それで、後で分からないと言って零したり、他の生徒に聞いたりしているのは愚の骨頂だと思いました。

私自身はそういうことはしませんでした。但し、分からないことが沢山あったので随分質問して、先生にはいやがられたりしました。おもしろがってくれる先生も居ました、怒り出す先生も居て、以後は聞くのを止めたこともありました。大学でも、定期試験の前には質問の時間を設けてくれる先生には、随分長時間尋ねました。全然質問しないのも居ましたが、そういうのは聞くことがないのでなく、聞くことが分からないのだといっていました。そうかも知れません。分からないことがあるというのは、それ以外のことは大体分かるのですが、聞くことの分からない人は皆目分からないのかも知れません。

とにかく、授業中は先生の言うことを傾聴することが第一だと私は思います。教師の立場から言うならば、そうして聞いてくれて、聞いていることをきちんと示して欲しいと思うのですが、それは欲張りでしょうか。聞いているのかどうか分からないというような学生を見ていると、静かなことはいいのですが、何となく、話している方まで意気を阻喪されるような気がします。一人でもちゃんと聞いていてくれるということが見て取れれば教師としてこんな嬉しいことはありません。

勉学に関して申し上げたいことは、先ずとにかく「傾聴」するということが大変大事で全ての基礎になるということであります。勿論、最初に言いましたように、聞いたら、話すことも、更に読んだり書いたりすることも大切なことですが、今は、「聞く」ことに絞ってお話ししておきます。

ところで、さきに後回しにした「傾聴」のことに戻ります。物事を理解しようとして「傾聴」することが、直接自分の為になることであるに対して、人を癒やすための「傾聴」は少し趣が違います。そういう「傾聴」ということが今の世の中必要になってきております。以前でしたら、一家の中に年寄りが居てその孫やひ孫が居るというのがごく普通の家庭のあり方だったのが、何時の頃からかいわゆる核家族化が進み、家には夫婦子供だけ、一方年寄り達は年寄りだけで寂しく暮らすというような風になってきました。更に、子供の親たちは働きに出て子供だけ、しかも、それが一人とか二人という少人数、友達も居ない。以前なら、祖父母が相手になってくれていたのが、今や離ればなれ、年寄りも寂しいし、子供達も寂しい。話を、聞いても貰えないし、聞かしても貰えない。親も疲れていて子供とゆっくり話をしている暇もない。第一、子供自体塾通いに忙しくて遊ぶ暇もないということもある。こういう、祖父母にも、両親にも、子供達にも傾聴して貰いたいことがある。「傾聴」は何も死に直面した人たちばかりが必要としているのではないというのはこういう事を指しているのであり、まさに現代社会に要求されている喫緊の課題であり、ひいては、そういう社会の構造自体を変えていかなければ将来は危ういと思うのであります。

子供が親の話を聞くことは当然でしょうが、また逆に子供の話も聞いてやらなければなりません。時間の掛かることですが、お互い一方的に言いたいことだけを言いっぱなしというのでなく、それこそ相手の身になって相手に共感しながら聞くということが頗る大切になってきているのであります。子供によってはそんな必要もない場合もありましょうが、赤ちゃんが母親・父親のスキンシップを必要としているのと同様、子供達は、他では言えないことを心おきなく言って、それに共感して貰えることが、精神的な安定を得る一つの大きな要因になります。わざわざこんな事を言わなくてはならない社会は、一種の病気だと思いますが、現代病であり、中々それを避けて通れないのであります。「傾聴」による癒しは、ひょっとすると、対症療法にしか成らないのかも知れませんが、今必要であることは間違いありません。こういう、言わば不自然な「傾聴」が必要でなくなり、文字通り、「傾聴」は人の話に耳を傾けて聞いて自らの糧にするという本来のあり方に戻ることが健全な世の中のあり方であるように思いますが、どうでしょうか。
もっとも、こんな言い方をすると、傾聴ボランティアのやっていることを無くてもいいことのように、けなしていると受け取られかねませんが、決してそうではなく、それは現代社会のニーズであると思います。

私は、そういうニーズに対応してというわけではありませんが、先年、寺にあったガレージを潰してお地蔵様をお祀りしたとき、特別深く考えてではありませんが、それでもそういう必要があるように思い「愚痴聞き地蔵」様をお祀りしました。西国三十三箇所のどこかにそういうお地蔵様がいらっしゃると聞きました。その写真も見せて貰いました。しかし、どういう寺だったかは聞きそびれてしまいましたが、私の印象に強く残りました。その写真のお地蔵様が、こんなことを申しては失礼千万ですが、何となく哀れっぽく思えてしまいましたし、その中腰で腰を曲げ、耳に手を当て、人の愚痴を聞く姿勢でいらっしゃる姿を見て、私は何となく自分の腰が痛く成ってしまいました。それで、拙寺にも愚痴聞き地蔵さんをお祀りしようと決意し、用地を確保して、デザインを石屋さんと相談して決めました。私は絵が下手なので自分では書けません。口でこんな風にと言うのを石屋さんが書いてくれ、坐って耳を傾けるポーズで彫刻してくれるよう依頼しました。そして、その前には腰掛けを置き、愚痴を言っている人は余り姿を見られないように、他のお地蔵様方が、通りに面して立っていらっしゃるのに対し、門の中に少し奥まったところにお祀りしました。

これを作ってくれた石屋が言うには、初めは余りお参りもないでしょうが二、三年もすると段々広まってきますよと。

その通りでした。最初に中日新聞が「お地蔵さんみつけた」という連続物の中に取り上げてくれました。それから色々なタウン誌に取り上げられたり、ラジオやテレビで取り上げられたり、二、三年前でしたが、ＮＨＫの番組で二年連続でかなり長時間取り上げてくれました。ＮＨＫは全国で見ている人がさすがに多くて随分反響がありました。外国でその番組を見た人からも便りがありました。早速商売に利用する人も現れました。全然知らずにいたのですが、そのデザインを見れば拙寺の愚痴聞き地蔵さんを真似たに違いないと思われる土人形を作って売っているのや、そのレプリカを作りたいという電話、しかし、それを作ったかどうかは知りません。中には、埼玉のお寺さんから自分の所にも祀りたいがどうかという問い合わせ、どうぞと申し上げたのですが、後どうされたのか、その後はなしのつぶてであります。

お参りも随分あります。予想に反して老若男女がお参りされます。わざと電話番号はお知らせしなかったのですが、どこかから調べて掛けてこられる方もいらっしゃいます。口では中々説明しにくいところなので、電話での道案内には難儀をします。随分遠くからいらっしゃる方もいらっしゃいます。北海道から来たという方も一、二にとどまりません。朱印帳を出されて印をくれと言われる方もありますが、作ってありませんので、家内に作れ作れとせがまれています。

しかし、中には呆れることもあります。テレビででも御覧になったのでしょう。丁度私が草取りをしているときに入ってこられ、「ああっ、有った有った、やっと見つかった、一遍見たかった」といって、騒いでいらっしゃいます。これが、若い人ではなくて相当お年を召した方でした。最後まで、「一遍見たかった」とばかり言われ、決して、お参りしたかったとは仰有いませんでした。高校生と思われる人が来て、携帯で写真を撮り、それで帰って行くのにも慣れましたが、「見たかった」のおばあさんにはその時は呆れるほかありませんでした。

しかし、何はともあれ、この愚痴聞き地蔵様は現代社会にとってやはり必要な存在なのだなと思わされております。時には、私と顔を合わせたりしますと、お前が愚痴を聞いてくれるのかと尋ねられることがあります。キリスト教で懺悔を聞くような役割を期待しているのかも知れません。しかし、その暇もありませんし、そういうカウンセラー的な訓練もしていませんので、そんなことをしたら忽ち私自身が病気になってしまうだろうと思います。もっぱら、愚痴の聞き役はお地蔵様にお願いしております。

これは、傾聴ボランティアとは違って必要としている方の所に出向くこともありませんし、一生懸命聞いては呉れますが、決して、返事も反論もなさいません。全てを聞き取ってくれるだけです。それでも、やはり、かなりの方々、中には、見に来るだけの人たちも含めて、いらっしゃいます。それだけ必要だったのだなあと、喜ぶよりは複雑な思いでおります。

一寸違う方向に話が広がりました。親子の対話において、互いに傾聴が必要であることはちょっと意外も知れません。一昔二昔前には考えられなかったことだと思いますが、今の社会環境、家庭環境がそのことを努めてしなければならない状況に陥っていることは確かであります。このことに是非時間を惜しまず、焦らず、あわてず、自然の中でやっていかなければ成るまいと思います。

さらに、時間があれば、聞いたら理解し、理解したら、自ら実践して体感してみることが、学習に当たってだけでなく、あらゆることにおいて重要なのだということ、それこそが道元禅師の教えであり、禅の教え、ひいては、仏教なのだということを申し上げなければならないと思うのですが、限られた時間の中で、先ず聞くことだけに関して、所感を申しました。

ここまで申し上げてきて、私の中でどうしても言わなければならないことが突き上げてまいりました。何かと申せば、「傾聴」するということは、人間にとって望ましい行為であることは確かなことですが、こんな事を改めて言わなければならないのは何か間違っているのではないか、こんな事は自然にそうならなければならない、自然にそうでなければならないのではないかという思いであります。最後にぶちこわしのようなことで御座いますが、世の中、言わなくてもいいことをことさら言わなくてはならないような風潮、何か間違っているのではないか、と言う思いがするのであります。

御意見ご質問ご自由にお願い申し上げます。

ありがとう御座いました。

（愛知中学・高校ＰＴＡ合同講演会　於：国際ホテル 2007.11.10）

私の仏教 ―― 傾聴ということ②

この頃、「傾聴サービス」などということがある。東日本大震災の後、被災地では、坊さん達が、ボランティア活動の一環として、被災者の方々にお茶のサービスをしたり、その方達の話を聴くということが、一種の癒しに繋がっているということを耳にする。

それに限らず、人の話に耳を傾けるということが、色んな場面で必要になっている。身近なこととして、お医者さんに体の不調を訴え、それを聞いて貰うだけで、病気だと思っていたのが治ってしまうということがある。愚痴聞き地蔵さんのお祀りも傾聴の一環である。

このごろ総じて人の話を聞かなくなってきているように思う。研究会や学会でそんな風潮が見られる。大学での大学院生の発表の時にも、以前からその傾向が見られた。しかし、大学では授業の一環だから、単位に関係してくる。だから、嫌でも出席する。ただ、私が在職中に、博士後期課程は単位制ではなかったから、単位で出席を強制することは出来なかった。それで、私はこう言った。「単位にならないから、きちんと出席しなさい」と。人の話を聞き、先輩なら、それに適切なアドバイスなり、感想なりを述べることは大切なことである。ところが、当節は事情が違ってきた。自分は当番ならば話をする。しかし、当番でないときには、人の話は聞きに来ない。こんな事が多くなった。研究会がそうである。自分は発表したい。しかし、自分が発表しないときは出ても来ない。小さな研究会だけではない。全国学会でも、段々そんな傾向になってきた。一つには、制度的なこともあろう。とにかく、成果を出さなければならない。だから、自分は実績を作るためにも発表する。しかし、人の話を聞いても何も自分の得点には成らないと思っているのである。

大きな考え違いをしているように私には思える。昔から、耳学問ということが言われ、その大切さも指摘されている。聞ける話を聞かないのは、それを聞き逃している、損をしているのだ。さしあたっては役に立たないこともあろうが何れ、巡りめぐってそのことが思わぬ役に立つことがあるのである。私は、大学の講義を受けて、その後、こういう経験をしたことがいろいろ有る。

話が逸れてしまったが、人の話を聞くというのはなかなかいいことがあるのである。聞いて貰った方も嬉しいし、聞いた方には得があるのである。

聞くことの利益として最も分かりやすいのが、授業である。あるＰＴＡの会合で私の勉強法を聞かれた。私は高校生の頃から思っていたことを言った。先生の話をよく聞くことだと、そして、分からないことが有れば分かるまで聞くことだと。簡単なことなのだが、大抵の生徒はそうしていないみたいだ。先生の話は上の空、或いは、右から左へ、或いは左から右へ通り過ぎていくだけ。殆ど、聞いていない。どころか、その時間の事とは無関係なことを遣っているのもいる。数学の時は数学の勉強をすべきなのに、その時、英語をやったり、国語をしたり。英語の時間には、逆転して、又、別の教科をやる、というような実に無駄と思えることをしているのが居たものだ。それぞれやるべき時にやるべき事をするだけ、言ってみれば簡単なことなのだ。みすみす損をしているように思った。

どんな場合にも人の言うことをきちんと聞くことは基本中の基本だと思う。国会の審議などは、あるときには、反面教師のようなもの、児童、生徒には見せられないもののようだ。本当は、見本にならなくてはならないのに。時折、テレビで国会中継を見た子供の投書が新聞に載ることがあるが、痛いところを突いている。

病人、年寄りの話に耳を傾けるのもいいことだ。そればかりではない、なにはともあれ、人の話をちゃんと聞く、ということは非常に大切なことなのだ。

〔2012.12.18〕

あとがき

「はじめに」に記しましたように、内容別に配列した物ではありません。刊行順であります。最後の2編はそれからも外れますが、あえて掲載させてもらいました。最近も、雑文は促されて相変わらず書いておりますが、研究の方はかなり置き去り状態、もともと退職時には喜寿を自祝して『窓ぎわのトットちゃん』語彙の研究論文集を企画しておりました。以前書いた論考が『分類語彙表』元版の意味コードに依っていましたものを、改訂新版のコードに変えて論文全体を見直そうとしていたのですが、参加した科研プロジェクトで行った新旧両版のコード比較に思いの外時間を取られ、当初の計画は断念しました。時期を言うことは出来ませんが、公刊を心がけてはおります。締め切りがないこととて、完成は覚束ないのですが、比較語彙論進展のためにも一石を投じておきたいと思っております。そのための齢を与えられんことを祈念して、後書きと致します。

また、右文書院三武社長には常々お世話をかけ、渡辺久美子さんにはいろいろさし絵をかいてもらいましたことに感謝致します。

この『磨言』について、芳冊・淳冊・敦冊とは何かと聞かれました。我が父、玄透超関大和尚曰く、「お前達の名前は芳淳敦朴という四字熟語からだ」と。今回は朴冊の筈ですが

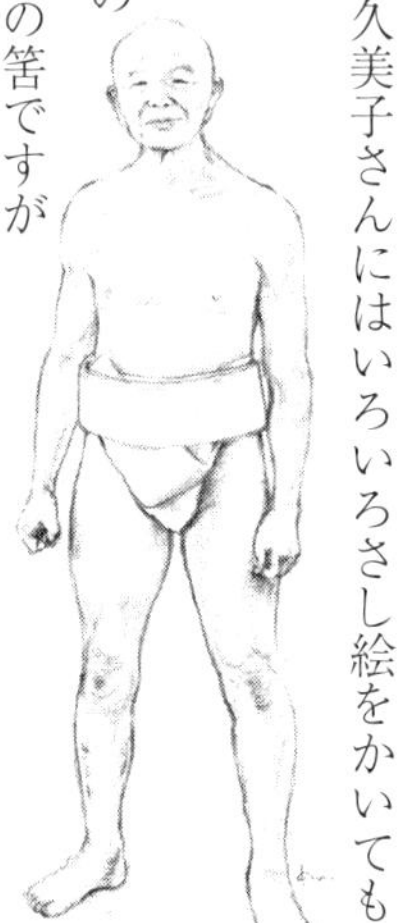

実際の名前は「志」がつきました。ただ、それだけのことで深い意味はありません。上中下でもなく、一二三でもありませんが、それぞれ別の冊だという符丁です。

平成二十八年三月三十日

田島毓堂（たじま・いくどう）

1940年5月5日、中国北京市で生まれた。1968年3月名古屋大学大学院文学研究科単位取得退学。同4月東海学園女子短期大学専任講師、助教授、教授を経て、1978年4月名古屋大学文学部助教授、87年6月同教授、国語学講座・日本言語文化専攻を、92年から国際開発研究科も兼任、2004年3月定年退官。同4月から、愛知学院大学文学部・文学研究科教授、2013年3月退職。名古屋大学名誉教授。2003年8月から、社会福祉法人ラ・エール理事長。同9月から、語彙研究会代表。78年3月、『正法眼蔵の国語学的研究』により、文学博士の学位取得。桂芳院住職。

主要著書『正法眼蔵の国語学的研究　研究編』（77・笠間書院）・『同資料編』（78・笠間書院）・『法華経為字和訓の研究』（99・風間書房）・『比較語彙研究序説』（99・笠間書院）、主要編著『日本語論究』1〜7（92〜2003・和泉書院）・『語彙研究の課題』（2004.3・和泉書院―名古屋大学退官記念）・『日本語学最前線』（2010.5・和泉書院―古稀記念）『比較彙研究の試み』1〜16（97〜2013・名古屋大学大学院国際開発研究科・語彙研究会）、『磨言―芳冊《ほうさつ》』（2004・右文書院）、『磨言―淳冊《じゅんさつ》』（2005・右文書院）、『磨言―敦冊《とんさつ》』（2006・右文書院）。

磨言――志冊

2016年6月30日印刷／2016年7月8日発行

著　者：田島毓堂
さし絵：渡辺久美子
発行者：三武義彦
発行所：株式会社右文書院
東京都千代田区神田駿河台1-5-6／郵便番号101-0062
Tel.03-3292-0460　Fax.03-3292-0424
http://www.yubun-shoin.co.jp/

印刷・製本者：東京リスマチック株式会社

＊落丁・乱丁本はお取り替えいたします。

ISBN978-4-8421-0780-6　C0095

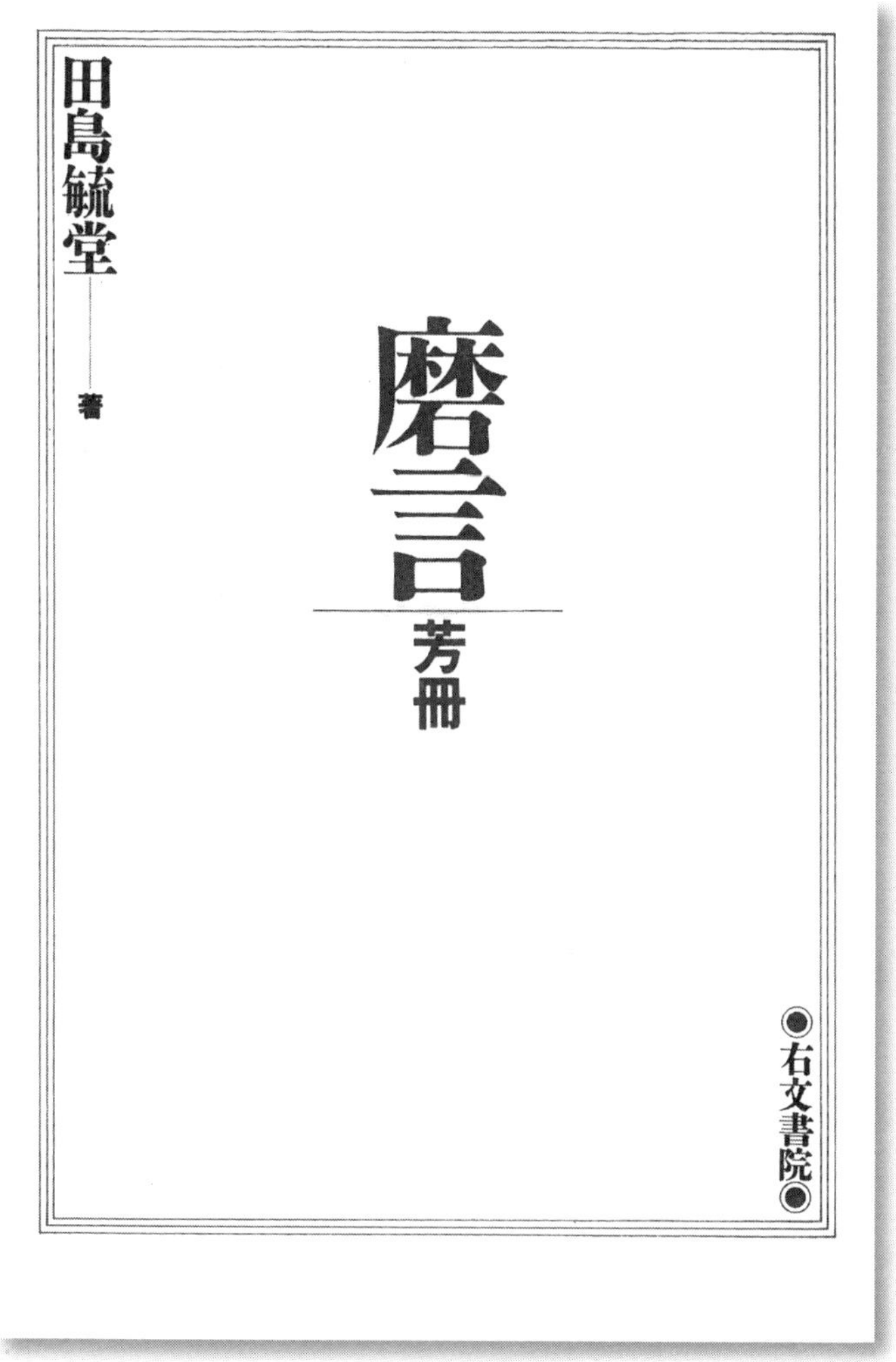

四六判・264ページ（2004年4月刊）
定価：本体1600円＋税
［表紙・きぬもみ（雪）］

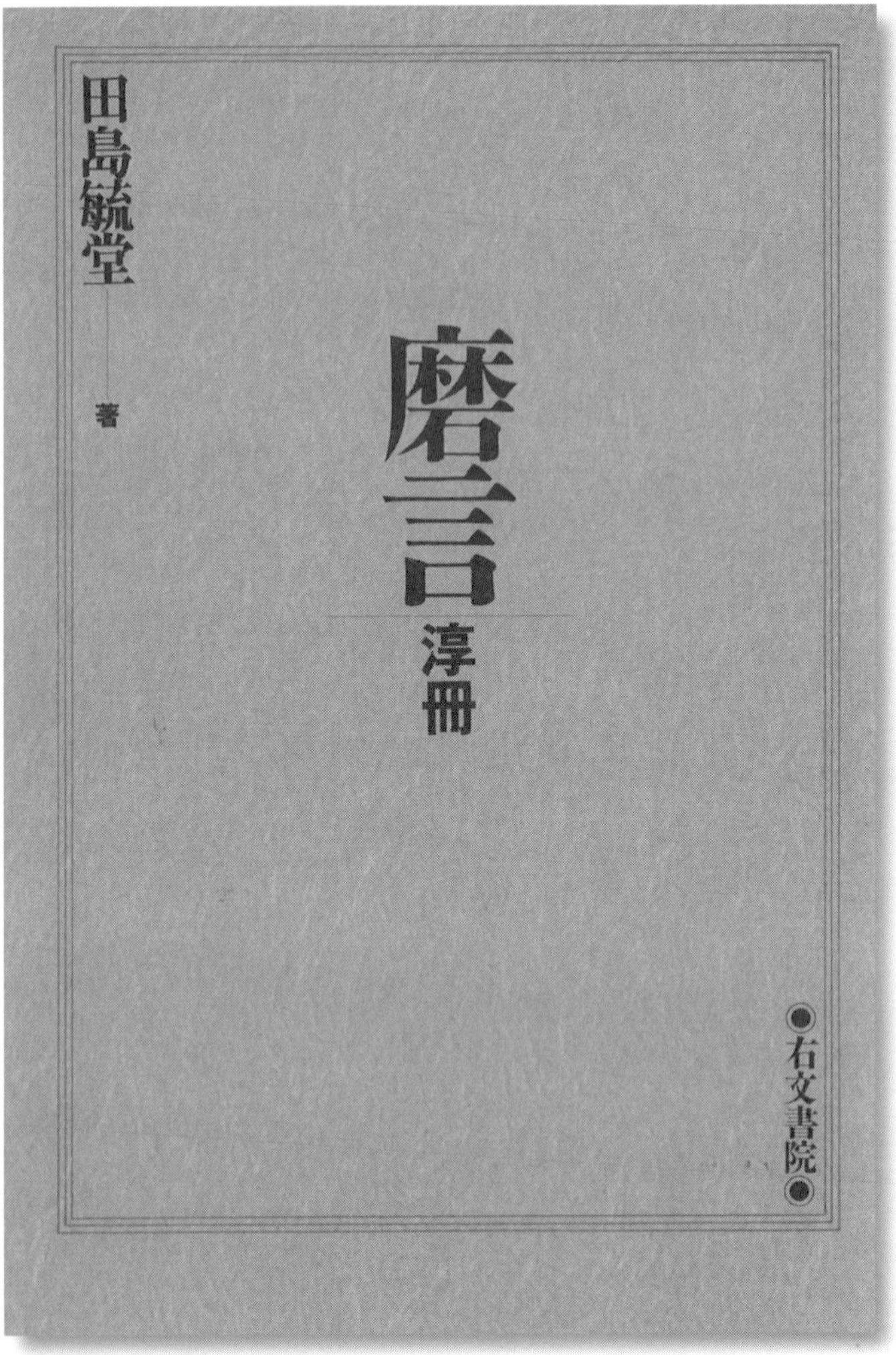

四六判・256ページ（2005年10月刊）

定価：本体1600円＋税

［表紙・きぬもみ（オリーブ）］

四六判・320ページ（2006年12月刊）
定価：本体1800円＋税
［表紙・きぬもみ（白茶）］